BEDENKLICHE GESCHICHTEN

DAS THEATER, EIN TRAUM (I)

Das Theater gleicht einem Traum. Im griechischen mag es anders gewesen sein; unseres ist von einem dachbedeckten, dunkeln Haus geheimnisvoll und fremdartig eingeschlossen. Man tritt hinein, tritt nach ein paar Stunden wie aus einem merkwürdigen Schlaf wieder heraus, an die Natur, in das wirkliche Leben, und ist dann dem Traum entflohen.

Im Traum haben die Bilder, die einem vor dem Auge entstehen – es mag das Auge der Seele sein –, etwas Scharfes, Festgezeichnetes. Raumhaft natürliche Perspektiven, einen realen Erdboden, frische Luft gibt es da nicht. Man atmet Schlafstubenluft, während man über Berge schreitet wie der Mann mit den Siebenmeilenstiefeln. Es ist alles verkleinert, aber auch verschrecklicht im Traum; ein Gesicht hat meistens einen erschütternd bestimmten Ausdruck: furchtbar süß, wenn es ein süßes und wohlwollendes, furchtbar abstoßend, wenn es ein Furcht und Entsetzen einflößendes ist. Im Traum haben wir die ideale dramatische Verkürzung. Seine Stimmen sind von einer entzückenden Schmiegsamkeit, seine Sprache ist beredsam und zugleich besonnen; seine Bilder haben den Zauber des Hinreißenden und Unvergeßlichen, weil sie überwirklich, zugleich wahr und unnatürlich sind. Die Farben dieser Bilder sind scharf und weich zugleich, sie schneiden mit ihrer Schärfe ins Auge wie geschliffene Messer in Äpfel und sind einen Moment nachher schon wieder zerflossen, so dass man oft, träumend sogar, bedauert, dieses und jenes so schnell verschwinden zu sehen.

Unser Theater gleicht einem Traum, und es hat alle Ursache, ihm noch ähnlicher zu werden. In Deutschland will alles umwoben und umschlossen sein, alles will ein Dach haben. Die armen, pompösen Bildhauerwerke in unseren Gärten sogar sind Träume; aber in der Regel erfrorene. Es ist eine bekannte Tatsache, wie schlecht uns öffentliche Monumente gelingen. Wir sind talentlos in der luftumflossenen Freiheit. Wir treten lieber in ein liebes, traumhaft seltsames Haus, wo uns unsere wahre Luft und Natur entgegenkommen. Warum gelingen uns die Weihnachtsfeste so schön, warum sind wir glücklich, in einer warmen Stube zu sitzen und es draußen in der Straße schneien, winden, wettern oder regnen zu sehen? Wir sind so gern in dunkeln, nachdenklichen Löchern. Nicht diese Vorliebe ist eine Schwäche; unsere Schwäche besteht vielmehr darin, uns solcher Vorliebe zu schämen.

Sind nicht auch die Dichtungen Träume, und ist denn die offene Bühne etwas anderes als ihr großgeöffneter, wie im Schlaf sprechender Mund? Während des anstrengenden Tages treiben wir in den Straßen und Lokalen unsere Geschäfte und nützlichen Absichten vor uns her, und dann finden wir uns in den engen Sitzreihen wie in engen Betten zum Schauen und Hören ein; der Vorhang, die Lippe des Mundes, springt auf, und es brüllt, zischt, züngelt und lächelt uns befremdend und zugleich herzensvertraulich an; es setzt uns in eine Erregung, deren wir uns nicht bemeistern mögen und können, es macht uns krümmen vor Lachen oder erbeben vor innerlichem Weinen. Die Bilder flammen und brennen vor den Augen, die Figuren des Stückes bewegen sich übernatürlich groß, wie nie gesehene Gestalten, vor uns. Das Schlafzimmer ist dunkel, nur der offene Traum glänzt in dem starken Licht, blendend, redend, daß es einen zwingt, mit offenem Munde dazusitzen.

Wie melodiös sind Farben im Traum! Sie scheinen Gesichter zu werden, und plötzlich droht, schluchzt, singt oder lächelt eine Farbe; ein Fluß wird zu einem Pferd, und das Pferd will mit seinen behuften Füßen eine enge Treppe emporsteigen, der Reiter zwingt es, man verfolgt ihn, man will ihm das Herz aus dem Leib reißen, man kommt näher, aus der Ferne sieht man die Mörder herstürmen, namenlose Angst packt einen an – der Vorhang sinkt. Ein Erdbeben ist auf einem städtischen Platz, die Häuser sinken schräg nach vorn, die Luft ist wie mit Blut bespritzt, feurig-rote Wunden hängen überall; Menschen schießen ihre Gewehre ab, sie wollen mit der Natur im Mord wetteifern; dazu ist der Himmel von einem süßen Hellblau, aber er liegt ganz kindlich über den Häusern, wie ein gemalter Himmel. Das Bluten ist wie Werfen mit kleinen Rosen; die Häuser fallen immer und stehen doch, und es ist immer ein entsetzliches Geschrei und Büchsengeknall und ist doch keines. O, wie der Traum göttlich schauspielert! Er gibt vom Entsetzlichen das unanfechtbar reine Bild wie vom Süßen, Beklemmenden, Wehmutvollen oder Erinnerungsbangen. Zu den Empfindungen, Personen und Tönen malt er sofort Schauplätze, zu dem süßen Geplauder einer edlen Frau deren Gesicht, zu den Schlangen die seltsamen Kräuter, worunter sie grauenhaft hervorkriechen, zu dem Geschrei von Ertrinkenden die schwermutvolle abendliche Fluß- und Uferlandschaft, zum Lächeln den Mund, der es ausdrückt.

Aus dunkelgrünen Gebüschen hängen weiße Antlitze hervor, eine Bitte, eine Klage oder einen Haß in den schrecklich klaren Augen. Manchmal sehen wir nur Züge, Linien, manchmal nur Augen; dann kommen die blassen Züge und umrahmen die Augen, dann die wilden, schwarzen Haarwellen und begraben das Gesicht; dann ist es wiederum nur noch eine Stimme, dann geht eine Tür auf; es stürzen zweie herein, man will erwachen, aber unerbittlich dauert das Hereinstürzen fort. Momente gibt es im Traum, deren Erinnerung wir im Leben nie vergessen können.

So wirkt auch das Theater mit seinen Gestalten, Worten, Lauten, Geräuschen und Farben. Wer möchte zu einer holdseligen Liebesszene den üppig verwachsenen Garten vermissen, zu einem Mord die dunkle Wand der Gasse, zu einem Schrei das Fenster, durch welches er ausgestoßen werden kann, zum Fenster die zärtlich und frauenhaft weiße Gardine, die es verfenstert und verzaubert und wieder vernatürlicht? Schneelandschaften, nächtliche, liegen auf der Bühne, daß man glauben sollte, sie erstrecken und dehnen sich meilenweit; ein Eisenbahnzug mit rötlich schimmernden Waggonfenstern zieht vorüber, ganz langsam, als zöge und winde er sich in weiter Ferne, wo das Schnelle dem Auge nicht schnell entfliehen will. Ferne und Nähe sind im Theater dicht nebeneinander. Zwei Schurken flüstern immer zu laut; der edle Herr hört alles, und er stellt sich doch ahnungslos. Das ist das Traumhafte, das wahre Unwahre, das

Ergreifende und zu guter Letzt das Schöne. Wie schön ist es, wenn zwei Kerle laut brüllend miteinander flüstern, während des andern Gesichtszüge sagen: wie still ist es rings umher!

Solches ähnelt den grausigen und schönen Gesichten im Traum. Die Bühne setzt alles daran, zu erschrecken; sie tut gut daran, das zu beabsichtigen, und wir tun gut, das Etwas in uns zu hüten, das uns den Genuß und den Schauder dieses Schreckens noch empfinden läßt.

FÜNFTER AKT, LETZTE SZENE

Straßenprospekt. Kasperle stürzt auf die Bühne.

Kasperle: Himmiherrgottsakrament, hab' ich eine Angst ausg'standen. Der Teixel ist hinter mir her gewesen, schauderhaft, schauderhaft, entsetzlich. So was will ich nicht zweimal in meinem Leben durchgemacht haben, um nachher sagen zu können, ich hab's hinter mir. Lieber will ich's noch zweitausendsechshundertsiebenundfünfzigmal vor mir haben. Die Haare hängen mir in Klumpen an der Stirn herunter. Sage mir doch mal einer, ob's wahr ist oder nicht. Ich glaube, ich kann mich nicht täuschen. (*Stimme aus der Zuschauerschaft schreit:* Ja, s'ist wahr, Kasperle.) Na also, ich habe immer geglaubt, ich könne nicht lügen. Schauderhaft. Nein, ich will's lieber alles noch einmal durchmachen als durchdenken. Der Gedanke, der Gedanke ist das Schreckliche. Siebene hab' ich ermordet, Gott straf mi, und es ist eine durchstudierte Guvernante darunter: E, e, e, e, e, e, e. Eins, zwei, drei, vier, fünf, sechs, sieb'm. Siebenen habe ich Löcher in die Köpfe geschlagen, daß das Blut umherg'sprungen ist, als würd's Beine gehabt haben, und es ist ein veritabler preußischer General drunter gewesen. Dem habe ich die Ohneform abgezogen, mit die goldenen Eppoletten dran, und weil ich gerade solche miserablichte Kleider angehabt habe, habe ich die Ehre gehabt, mich zum kommandierenden General gemacht zu haben, heiligskreuzg'witter. Wie soll ich mich aber nun öppen auch benehmen, daß es eine Art und Gattung hat? Wie? Was? Wo? Warum? Wozugegen? Wer von euch hat was gesagt? *(Schweigen im Publikum)* Nix? Perduttimattschore. Tschingzulamure. Das soll, glaube ich, italienisch sein. Wie sie mir nachgerannt sind, die Gespenster meiner Ermordeten, das war aber gehörig zum Davonlaufen. Ich will sonst meine gute alte, ehrliche Schnurreschnauze nicht allzuweit aufg'rissen haben, das aber sage ich, die ganze Hölle war blitz hinter mir, als ob's nötig gewesen wäre, gegen Kasperle mobil zu machen. Zwei Katzen haben mir die Augen herausgekrallt. Was ich an Arm und Beinen verloren habe, muß erst noch buchstabiert werden. Was? Bitte, deutlicher zu sprechen, ich bin seit gestern schwerhörig. Koloriert? Was? Aha, konstatiert. Muß also erst konstatiert werden, nämlich, wenn sie mich überhaupt im Spital aufnehmen. (*Stimme aus dem Publikum:* Die nehmen dich schon.) Danke, danke für die fürsorgliche Nachfrage. Wir wollen's alle hoffen, daß sie mich abg'schlamppten Menschen aus reiner nächster Christenliebe einnudeln wer'n. Wie die Dinge jetzt stehen, habe ich noch ein halbes Auge, eine eingedrückte Nase, die womöglich des Schuhflickers bedarf, einen schiefgeschlagenen Mund, na, eine warme Appenzellerwurst geht immer noch 'nei. Und dann habe ich Appetit nach Käsekuchen. (*Aus der Zuhörerschaft:* Willst du welchen haben?) Von dir? Nee. Da müßte ich ja ein Schweinepriester, a dregeder, sein. Nein, Kasperle hat dann doch noch höhere Gelüste. Nicht umsonst reise ich in kulturellen Angelegenheiten. Ich bin nämlich sonst Reisender, wenn ich weiter nichts zu tun habe. Gegenwärtig bin ich eigentlich nur Teaterdiräkter, weil ich's mal versuchen will, was es heißt, andern ins Handwerk zu pfuschen. Eins nach dem andern. Wer anderer Meinung ist, der hebe mal seinen Finger in die Höhe. *(Alles hebt die Hand in die Höhe.)* Teufel nochmal, das hätte ich nie geglaubt, daß man es wagt, einem Kasperle ins Gesicht hinein zu widersprechen. Da werde ich andere Saiten aufziehen müssen. Das beste wird sein, ich fange an zu singen:

O Napohilion
du alter Schuhästergeseulle.

Das scheint aber gar nicht gefallen zu haben. Und es ist doch ein altes Volkslied, das noch jetzt gern gegröhlt wird, wenn der Abend, diese wehmütige Wandmalerei, am viereckigen Horizont heraufzieht und alles so still ist im Dorf. Man scheint heutzutage für dergleichen Habersackpoesie nichts mehr übrig zu haben. Auch gut. Mir sollen alle Wege offen stehen, sonst kann ich ja das Gewerbe aufgeben. Wenn ich zu hornhäutig bin, mir den Hals abzuschneiden und aus dem Blut, das hervorspritzt, Blut- und Leberwürste zu machen, um euch da unten aufzurütteln, dann allerdings ist es Zeit für mich, mich nach einer anderweitigen Lebensstellung umzuschauen. Holla, die Post; ein Paket aus Wädischwil. Habe ich das meiner Lebtag je sagen wollen? Wie einem so was in den Kopf kommen kann. (*Das Publikum ernst:* Hals abschneiden!) S'ist gut. Aber dafür zahlt's noch beim Nachhausegehen zehn Pfennige extra. Meine Frau wird einkassieren. So komm denn du, du Retter in der Not. Unter uns gesagt, ich wüßte zwar nicht, welche Not mich dazu antreiben könnte, etwas so Schweinisches zu machen. Aber der heutige Blutwurstkunstgeschmack verlangt's mal. Da heißt's reinschneiden. *(Er massakriert sich.)* Äh, pfui Teufel. Au, ich sterbe. Mit Kasperle ist's aus. Finis. *(schreiend:)* Zehn Pfennige. Nicht vergessen. Und morgen Abend punkt acht große Gala-Extravorstellung. Adie, adie.

EINE THEATERVORSTELLUNG (I)

Das Theater war vollbesetzt, man spielte Schillers Maria Stuart. Es war eine Volksvorstellung zu niedrigen Preisen. Der Vorhang ging in die Höhe, das Stück zeigte sich, die Personen traten auf: es waren überlebensgroße Menschen, die da spielten. Der Hintergrund, bald Zimmer, bald Waldgegend, bald lieblicher, rauschender Park: es war ein ganz köstlicher, schimmernder, naturwahrer Hintergrund. Die Personen spielten auf diesem Hintergrund. Es war, wie wenn auf einer sanft-glitzernden Tapete Figuren sich lebendig bewegten. Es stach köstlich in die Augen. Der Zuschauerraum war schwarz, stinkig, rauchig, dunkel, düster, düfteschwanger. Dagegen die Bühne hell, hold, warm, blendend und voll glänzendspielendem Feuer. Dieses Feuer redete, es sprach die glühend-schönen Verse Schillers. Man horchte nicht nur mit den kalten Ohren, nein, auch mit dem Mund. Der Mund ist etwas Heißes im Vergleich zu Ohren. Die Rede blitzte, die Augen auf der Bühne sahen in die Augen im Zuschauer-Dunkelraum. Pagen, feinausstaffierte, wahrhaftig, spreizten die Beine. Die Pagen waren zu dick und zu groß im Verhältnis zu der Kleinheit des Theaters und Ensembles. Sie störten, und das Traurige ist, sie gaben sich dazu noch extra Mühe, zu stören. Es waren Weiber. Mit Sehnsucht dachte man an schöne, stolze, schlanke, bescheidene Knaben. Noch nie, wie gestern, habe ich in einem Stück Pagen so sehr aus dem Hintergrund treten sehen. Das war zugleich schön und schade, zugleich merkwürdig und widrig. So war es, ja, die Parkszene war herrlich, wo die beiden Königinnen im Zorn aneinanderprallen. Königin Elisabeth war im grünen Jagdkleid das Herrlichste, was es geben konnte. Sie spielte auch vortrefflich. Maria hatte das Benehmen einer schlechten Dirne. Elisabeth, auch im Zorn, war lieb, Maria im Leidausbruch häßlich, falsch, verlogen, bös, unwahr und abscheulich. Es ist wahr, was ich sage. Damen gegenüber sollte man zierlicher reden, als es hier geschah, aber, die Redlichkeit will's so.

EINER, DER NEUGIERIG IST

Was wird es in diesem Winter für Stücke geben, was für handelnde Personen werden über die Bretter laufen, was für eine Sorte Autoren wird zu Wort kommen, und mit was wohl für Draht wird in all den Theatern der Hauptstadt gespielt werden? Das ist jetzt wieder einmal die, wie mir scheint, nicht gerade unwichtige Frage. Wahrscheinlich wird es ein Stück von Hauptmann, eines von Sudermann, eines von Wedekind geben, *apropos* eines von Hofmannsthal, und ich bekenne, es hat mich nicht viel Geist gekostet, das müssen in die Trompete geblasen zu haben. Wird aber auch ein neuer Name aus dem großen Schatten des Nochnichtbekanntseins auftauchen, werden Neuigkeiten serviert werden? Ich wage das anzunehmen und glaube, das Gestirn wird aus der Richtung von Südosten zu uns herüberfeuerregnen. Was wird Reinhardt geben? Werden es gute Trümpfe sein, die er ausspielen wird, und was machen jetzt unsre bekannten Kritiker? Sitzen sie noch am Waldrand und lesen ein Buch oder rauchen eine Pfeife? Sie werden jetzt bald im Laufschritt heranschweben müssen, denn hier prasselt's bald los, und man wird der abkühlenden Feuerwehrmannschaft innig bedürfen. Was machen die Schauspieler? Wo treiben sich jetzt ihre noch unausgebrannten Schaffenslust-Vesuve herum? Paßt auf mit euern sonnigen Übermüten und Begeisterungsflammen. Hier stehen bereits Leute mit spitzigen Wasserschläuchen, will sagen Schreibfedern hinter dem Ohr in Reih und Glied, um euch eins anzuspritzen, wenn ihr der Meinung seid, es zu schön gemacht zu haben. Wo ist die Jugend, wo sind die unentdeckten Talente, und wo reisen, wenn es gefällig ist zu sagen, gegenwärtig die hoch- und niedriggeborenen Herren Dramaturgen herum? Ich glaube, ich sehe einen von ihnen in Kopenhagen am Arm einer hübschen Dirne in der belebten Straße auf- und abspazieren. Sie sollen sich in acht nehmen, damit sie keine Dämpfer aufgesetzt kriegen. Diese sommerlich üppige Welt wird nun bald wieder gottlob ein Ende genommen haben, was ich fragen wollte: Wann ist die erste gewichtige Premiere, an welchem Tag wird sie stattfinden und wird sie aufregend sein? Ich hoffe es, denn ich gehöre zu den Leckmäulern, denen eine Premiere womöglich eine Schmauserei sein muß. Ich will nicht gerade behaupten, es freue mich, wenn ein Dichter verzischt und verworfen wird, aber ich freue mich trotzdem, denn das Beklagenswerte freut immer.

Wann wird sich zum erstenmal der Vorhang erheben, um auf Erhebendes herabblicken zu lassen? Wird's viel Erhebendes geben? Ich hoffe gern, es werde sodann hin und wieder auch etwas Entwürdigendes zu sehen geben, etwas sozusagen Schamloses, da es doch nun einmal zu den geheimen Lüsten des Theaterbesuchers mithinzugerechnet werden muß, wenn es einem gestattet wird, daß man genügende Ursache habe, zu erröten. Die Sache muß ein wenig kribbeln und krappen, sonst wird's langweilig, und es gibt ja immer Menschen, die das gern haben, und es gibt immer Menschen, die leicht geneigt sind, alles sogleich langweilig zu finden. Haben die Theatermaler ihre Pinsel gehörig geputzt während der Ferien? Ist Öl in den Lampen? Sind bezüglich der Beleuchtung neue Erfindungen gemacht worden? Das ist aber vielleicht bedeutend weniger wichtig als die bange Frage, wie es mit den Gebärden der Schauspieler stehe. Hoffentlich hat sie sich der eine oder der andere der in Frage Kommenden an den Ecken ein bißchen abgeglättet, und was die edle Zungengeläufigkeit betrifft, so erwartet man dieses Jahr Wunderdinge:

> Daß mich die Nacht verschläng!
> Mir unbewußt
> im Mondschein bin ich wieder um-
> gewandelt.

Sind die Degen geschliffen, die Knöpfe geputzt, die Steine gehauen, die Bänke gezimmert, die Vorhänge bemalt, die Leisten vergoldet, die Hemden geplättet, die

Manieren gereinigt, die Köpfe gewaschen, die Leiber gestählt, die Sinne frisch, die Schuhe ganz und die Herzen in Ordnung? Wollen's annehmen. Wie werden die Herren auftreten? In Rüstungen oder im Jackettanzug? Und die Damen? In Kleidern von Samt oder in Reformröcken? Schließlich ist es ganz gleichgültig, wie sie hervortreten, wenn sie nur aufzutreten wissen, das ist es, worauf es, glaube ich, wenn ich dermaßen, wie ich's jetzt tue, erfinderisch in die Luft starre, ankommt.

Ich schlich erschöpft in diesen
  Garten mich,
und weil die Nacht so lieblich
  mich umfing – –

Schön, was?

WAS IST BÜHNENTALENT?

Wenn einer so recht brüllen, so recht edel oder energisch tun kann auf der Bühne? Wenn einer einen vorschriftsmäßigen, breiten, schlappigen Schauspielermund hat? Wenn einer eine Seele hat und einen ehrlichen, festen, fleißigen Menschenwillen? Wenn einer durchdenkt, was er spielt, und von Moment zu Moment seinen Verstand bei der Darstellung der darzustellenden Figur hat? Wenn einer ein ehrenhafter, vielseitig begabter, zartfühlender, allesverstehender Mann ist? Ist das Talent? Oder was ist denn eigentlich Talent? Kann der Saufhund Talent haben, der Spieler, der Wüstling, der Geck, der Tropf, der Wicht? Kann einer ein großer Künstler sein und daneben als Mensch verdienen, daß man ihn anspuckt, zum mindesten, daß man über ihn die Nase rümpft? Ist eine Möglichkeit vorhanden, in der realen Welt Schnaps zu saufen und auf der Bühne einem Percy strahlende Verkörperung zu geben? Was sollen alle diese Fragen, he? Hat man es gern oder hat man es ungern, daß der Schauspieler bereits beginnt, sich in den Gemeinderat wählen zu lassen, daß er Tee trinkt, statt Bier oder Korn, daß er bei gebildeten Damen hockt, um sich über das Neueste in Kunst und Sozialwissenschaft zu unterhalten, daß er seine Steuern bezahlt und seinen Anzug in Ordnung hält, daß er rechtzeitig wie ein strebsamer Kolonialwarenkommis zu den Proben erscheint, daß er zum Pinsel oder zur Feder greift, um mit diesen Werkzeugen angenehm zu dilettieren? Was? Sollte es eine vernünftige Antwort auf diese Frage geben? Oder macht es vielleicht Vergnügen, Fragen nur so, wie eine Handvoll Strandsand, in die leere, dünne Luft emporzuwerfen? Kann es eine Anregung sein, einen Gedanken unausgeforscht auf sich beruhen zu lassen, unfertig, frech, gehässig und kleinstolz? Ja?

Was also, wenn es endlich beliebt, kann Talent sein? Die Nichtswürdigkeit, die innere Würdelosigkeit, die Seelenlosigkeit, die Mannlosigkeit? Ist ein Mann ein Talent, oder so: ist es einem Menschen von Gold, also einem lautern, lieben, rechtschaffenen Mann, überhaupt nur möglich, ein Talent auf der Bühne zu sein? Was soll das? Aber warum denn eigentlich nicht fortfahren, wie der Wind daherzusausen mit Fragen? Ist manchmal nicht der aufrichtige Mann ein Hundsfott im Bereiche der Kunst? Muß die Kunst zugunsten ihrer Kinder bettelarm geworden sein, wie eine alte, wehleidige Mutter, die von den Söhnen und Töchtern auf die Straße gesetzt wird? Müssen es die Söhne und Töchter, die Kinder der Mutter

Kunst, absolut gut haben? Müssen sie Gerechtigkeit und Anerkennung genießen? Müssen sie brave Bürger sein und zu den gebildeten Klassen zählen? Ist nicht die Gleichberechtigung das Grab des Talents? Hat die Sozialisierung des Künstlers üble Folgen oder gute?

Bin ich ein Esel, daß ich das alles frage?
Ja, du bist ein Esel.

Und ich werde es dir zeigen. Man braucht rechtschaffene, gütige Menschen, nicht Talente; Väter, die dem Staat Kinder erzeugen und Lust an ihrer Erziehung haben, nicht irgendeinen strahlenden Darsteller des Heinrich Percy. Du bist ein Lümmel, daß du von Saufhunden zu sprechen wagst. Die Künstler sollen wissen, was schicklich ist, und nicht danach fragen, was außerordentlich sein kann; sie essen heutzutage gut zu Mittag und trinken ihr Gläschen Wein. Sie sind wohlsituiert, und du Schurke wirst nicht ungestraft den Mut besessen haben, sie zu einem Luderleben angereizt zu haben. Sie sind Bürger, Menschen und einfache, schlichte Angehörige des Staats; sie sind Soldaten in der Armee und interessieren sich, so lebhaft als ihnen geziemt, für Kolonialpolitik. Nur ein leichtfertiger, gefährlicher Mensch, wie du einer bist, kann ihnen den Rat geben, Ungeheuer zu werden, um der Kunst zu dienen. Die Kunst ist heute wesentlich anders als früher, und sie soll auch anders sein. Sie ist besser geworden; sie hat es verstanden, sich den guten Grundsätzen des Zeitalters anzuschmiegen. Du bist ein Affe mit deinem Talent und mit deinem Hundsfott. Du gehst mit den Menschen um, wie mit einem Material, weich und gefügig zum Modellieren, und denkst gar nicht daran, daß einem jeden Menschenleben das Nachbarliche heilig sein soll. Zum Teufel mit deinem Talent. Zum Teufel mit Percy. Wir brauchen beides ebensowenig wie wir dagegen um so mehr eine Kunst brauchen, die sich bürgerlich gibt wie ein bürgerliches Frühstück. Wir sehnen uns nach der Individualisierung des Künstlers, und du fragst, ob es gut sei, Künstler zu sein und Seele zu haben. Meine Seele hätte Lust, dir Ohrfeigen zu geben, wiewohl du eine körperliche verdientest. Wir wollen gar keine andern Helden auf der Bühne mehr sehen als fein differenzierte, wie sie unser heutiges Leben schafft. Wir wollen die Töne unsres eigenen Jammers heulen hören. Die Seele des Schauspielers soll jubeln, nicht seine Begabung. Dem Mann auf den Brettern wollen wir anmerken, daß er ein Mann auch im Leben ist. Insofern pfeifen wir überhaupt auf die Kunst, wenn sie klaffende Distanzen aufweist. Sie soll uns anwärmen; es ist ganz gut, daß wir aus ihr unsre Überzieher gemacht haben. Wenn wir uns für Kunst interessieren, dann soll das auch die Kunst ihrerseits tun und ebenso schlicht, sonst – na, man will nichts gesagt haben. Ist unser Leben trübe und langweilig, so darf es die Bühnenkunst ruhig ebenfalls sein, man wünscht das von ihr; sie sei Spiegel des Zeitalters. Einen Bühnenstil verbitten wir uns ganz energisch. Wir wollen nach der Vorstellung mit dem Dichter und mit dem Schauspieler ein honettes Gespräch führen, das ist uns die Hauptsache. Die Künstler erheben wir dadurch zu Menschen, und an den Künstlerpersönlichkeiten pflegen wir uns jedesmal, so gut es geht, zu berauschen. Im Interesse einer gesunden Gemeindeordnung verachten wir das Talent, es sei denn, es zöge es vor, sich zu vermenschlichen. Da hast du's.

BEITRAG ZUR PSYCHOLOGIE DES TALENTS

Ein Talent muß flüssig sein, nicht staubig, glatt, nicht holperig, aber es darf nicht allzu glatt davonfließen, es muß tief und ziemlich schwer sein, aber es darf nicht allzu tief, noch viel weniger darf es schwerfällig sein. Es muß eine gewisse Breite und Ruhe haben, das heißt, es muß warm sein, es muß sich sogar bis in die Hitze hinauf versteigen können, aber es darf niemals hitzig sein, niemals roh, niemals plump. Es muß kalt sein, doch es muß Wärme immer ahnen lassen, es darf nie spitz und dünn sein, wohl aber fein, und doch nicht ausschließlich. Es muß nicht zierlich sein, weil die Zierlichkeit in der Regel als etwas lediglich Äußeres empfunden wird, aber es muß achtsam und ordentlich sein, dann ist es von selber zierlich. Es darf niemals hin- und herschwanken, es sei denn, es befehle sich das, um die Betrunkenheit nachzuahmen, es muß fest sein, aber es muß die Härte vermeiden, es muß feurig sein. Es muß freudig und fleißig sein und bescheiden; wenn es anmaßend ist, ist es nicht es selber mehr, sondern es ist etwas andres und Fremdes, es zerspaltet, zerbricht und verfällt. Wenn es nicht jede Stunde freudig und höchst zuversichtlich an sich arbeitet, ist es anmaßend und so gut wie nichts mehr.

Es muß rasch sein, aber es darf nie galoppieren, es darf keine Sprünge machen, sonst reißt es innerlich. Wenn es aber schleppt, ist es krank, dann stirbt es langsam. Es muß mutig sein, mutig sein bedeutet ihm dasselbe wie: niemals träge sein, aber Gott behüte es vor der Keckheit, diese ist blind und führt in Abgründe hinunter, aus denen es keine Wege ans Licht mehr gibt. Es soll streng gegen sich sein, niemals schroff dem andern gegenüber; das andre hat immer Liebe und Achtung verdient, wenn das Eigene seine Augen immer offen behalten hat. Es soll demütig sein, das wird es stets sein, wenn es stets seiner bewußt ist. Es darf unbewußt sein, aber es darf das nicht wollen, das führt zur Verdummung, die Dummheit aber wohnt in der Nähe der Gemeinheit. Es muß vorsichtig und sparsam sein, damit es etwas zu geben hat, wenn die Stunde des Ausgebens da ist, aber es hüte sich vor der Besitzwut und Knausrigkeit, das sind Eigenschaften, die dem Wucherer ziemen, das Talent aber ist von den Göttern zum Lieben, Mitempfinden und Geben bestimmt. Es soll stolz sein und wissen, daß das das Gegenteil von hochmütig ist. Es soll kühn sein, damit es jederzeit Lust hat, herabwürdigende Angebote abzulehnen. Es soll die Gefahr lieben, es soll leiden, es darf sich nie weigern zu leiden, sonst verflacht es, und dann leidet es erst recht.

WAS BRAUCHT ES ZU EINEM KLEIST-DARSTELLER?

Offen gesagt, es braucht viel. Schon allein die Zunge. Da muß einer mit seinen Lippen tanzen und mit seiner deutschen Sprache jonglieren gelernt haben. Einem Menschenmund schlechthin ist es unmöglich, Verse von Kleist wie Verse von Kleist zu sprechen. Mache zehn Jahre lang täglich Atemübungen, dann wage es, dich an einen Grafen vom Strahl oder an irgend einen andern Burschen dieser Rasse heranzumachen. Diese Rasse setzt Zucht voraus, das bedenke, Schauspieler von heutzutage. Hinterher, wenn du dich blamiert hast, lächelst du und sagst, Kleist sei ein rostiges Eisen, Grabbe, das sei was, Kleist, der sei undramatisch. Weil du keine Grazie hast, ist Kleist abgestandenes Wasser, nicht wahr? *N'est-ce pas*, ich kann nämlich auch ein bißchen Französisch. Was Wagner von seinen Sängern verlangt, welchen Grad edler, langer Anstrengungen, ist mir nicht bekannt; daß Kleist Ungeheuerliches von einem Schauspieler verlangt, ist sicher der Grund, weshalb in der Regel der Schauspieler über Kleistrollen die Achsel zuckt. Er hat ja auch recht, ich begreife ihn. Diese Männer und diese Frauen sind ein übernatürliches Geschlecht, sie haben Natur, und wieder, näher besehen, haben sie keine. Sie sind wild und sanft, beides im Übermaß. Sie sprechen eine götterhaft-korrekte Sprache, wogegen die Sprache Friedrich Schillers ein gleichmäßigmenschliches Feuer, vielleicht nur ein Feuerchen bedeutet. Diese Figuren strotzen von oben bis unten von Empfindung, und solches will natürlich zur Darstellung gebracht sein.

> Da ist zum Beispiel heimlich jetzt ein Mann,
> Wie heißt er? Hermann...

Hermann, der Cherusker, na, sagen wir mal, eine Million demjenigen, der ihn spielen kann. Eine dunkle, breite Mannesbrust und dazu ein schmetterndes Geklingel im Mund, wie wenn einer graziös an silberne Glocken schlägt. Ein Tänzer. Der Schauspieler muß Tanzunterricht genossen haben, seelischen oder körperlichen, das gilt gleichviel, er muß zwölf kleine Bälle mit der Nase in der Luft spielen machen können. Ein ehrlicher Mann braucht er nicht zu sein.

Er wird natürlich auch mal ein Auge rollen dürfen, schließlich kann er das auch und tuts, daß einem gesunden

Menschen schlecht dabei wird. Nein, wenn ein Hermann das Auge rollt, tut er's nur einmal während des Abends, er ist Diplomat und besitzt die Manieren eines Gottes. Schon wenn man das Stück liest, hört man die Stimme dieses geschmeidigen Menschen klingen, diese Stimme der Lust, Bravheit und Verstellungskünste, diese Stimme schließlich auch des unsagbaren patriotischen Zorns. Und die Art, wie er Unsinn schwatzt. Die Aufgabe, die darin für einen Sprecher und Mimen liegt, ist schrecklich. Und wenn er vom Thron herabsteigt, schön in jeder Beziehung, wie gesagt, eine Million demjenigen. Es ist eben einer, der immer, von Knabenbeinen auf, hat gebieten können, was will man da machen. Und die enorme Herzensbildung, die der Schurke besitzt. Die Bildung, das, Herr Schauspieler, ist auch was zum Darstellen. Lächle mal schnell so, wie Gebildete lächeln, wo stets noch so ein Schatten dunkeln, schönen Ernstes dabei sein muß.

Und da ist die Dame Penthesilea. Dieses Weibsbild hat schon etwas. Ich wage es nicht, mich in der heutigen Welt nach einer Darstellerin für sie umzusehen.

Man stopfe lieber dem Herrn Kleist endlich den Mund zu. Wozu sollen Bühnenautoren noch nach hunder Jahren 's Maul auf haben.

Es braucht zuviel Atem, um dem Mann das Wort zu lassen. Was wollen Sie mit Ihrem Grabgestank, Gespenst? Sehen Sie nicht, daß man Sie nicht aufführen kann, so, wie es sich gehört? Dieses allerdings entzückende Gesprudel der Worte. Nein, wir danken. Wir sind Menschen, die einen Landaufenthalt einem jahrelangen unausgesetzten Lernen füglich vorziehen. Wir sagen immer, wir haben zu wenig Zeit. Gottlob, daß wir den guten Geschmack besitzen, das zu sagen. Wir mögen nicht mehr so recht ran, wenn es gilt, Verse zu reden. Merkwürdig, wie wir alles Deklamatorische hassen und was für Ansichten wir vom Deklamatorischen haben. Eigentlich aber ist's nicht merkwürdig, sondern ganz natürlich, daß wir nicht imstande sind, das Gedicht als Gedicht zu sprechen und danebenher noch so etwas wie ein Spiel zu zeigen. Wie wir doch da schwatzen. Ist's nicht dumm, zu sagen, wir können nichts?

LENZENS SOLDATEN

Ich offeriere Ihnen den Stolzius in Lenzens ‹Soldaten›. Den möchte ich einmal auf der Bühne sehen. Das ist eine ganz prächtige Figur. Sie ist so natürlich, daß einer sie nur zu spielen braucht, aber ich möchte am liebsten diese Figur von einem Riesen gespielt sehen. Stolzius begeht Riesendummheiten, er vergiftet einen andern und sich wegen einem Mädel, er tut also Dinge, die auch heute im Osten von Berlin noch vorkommen, und gerade deshalb möchte ich das Stück aufgeführt sehen. Diejenigen Geschehnisse, die jederzeit in der Zeitung stehen können, sind doch immer die packendsten, das Gewöhnliche enthält Geheimnisvolles, im Trivialen liegt Überirdisches. Heutzutage sitzen die Dramatiker eben viel zu wenig in den Kaffeehäusern und bohren ihre Nasen zu selten in die knisternden Abend- und Morgenblätter. Entweder ein Dichter erlebt am eigenen Leib und Gemüt etwas, oder er stiehlt die Sujets aus den neusten Nachrichten, welcher Diebstahl ja bis zum heutigen Tag meines Wissens noch nie bestraft worden ist.

Lenzens ‹Soldaten› sind wie aus einem Zeitungsblatt

abgeschrieben, freilich unter Hinzufügen von Kunstgriffen, deren Vorhandensein in den Spalten eines Tageblatts oder Kuriers oder täglichen Anzeigers allerdings wenig zu bemerken ist. Immerhin, Stolzius ist den Zeitungen entnommen, ich setze meine Ehre daran, daß das wahr ist, aber was soll ich zu einer so schönen Frau, wie die Gräfin La Roche ist, sagen? Da bin ich einfach paff, und ich erlaube mir das Paffsein angesichts einer vollendet abgerundeten Frauengestalt. Ich stelle sie mir üppig vor, auch nimmt sie kleine Schritte und hat eine helle, hohe Stimme. Natürlichkeit und Vornehmheit umgeben diese Dame mit einem Schmelz, der zu beschreiben wäre, wenn man ihn anpacken könnte, aber gottlob entziehen sich derartige Sachen einer Anpacke-Möglichkeit. Was dieses Rokoko-Frauchen spricht, gehört wohl mit hinein in den Topf des Schönsten, was unsre vaterländische Literatur an Sprache und Rede aufzuweisen hat. Büchner, der Dramatiker der Biedermeierzeit, hat an Lenz gelernt, ich freue mich, daß es gerade mir hat dürfen vorbehalten bleiben, dies festzustellen.

Diese Gräfin La Roche ist gepudert, aber damals verstanden es die Weiber noch, Seelentiefe mit Toilettenkünsten, ohne daß das eine das andre gestört hat, zu verbinden. Auch diese historische Kenntnis bringt mir vielleicht eines Tages, wenn es mit rechten Dingen zugeht, Ehre ein. Im Ernst, man sollte es mit einem Dichter auf der Bühne versuchen, der, wie Lenz, das Genie gehabt hat, Natur und zugleich Größe zu geben. In dem Stück ist eine entzückende Mädchenfigur, Soldaten stiefeln herum, Kaleschen fahren, in einer Straße regnet es, hübsch tapezierte Zimmer gelangen zur Ansicht, die Landschaft spielt eine Rolle, und vor allen Dingen: es sind dankbare

Rollen da zum Besetzen. Die Wirkung des Ganzen ist eine ergreifende, ich täusche mich nicht, ich täusche mich seit einiger Zeit nie mehr.

TELL

Dadurch, daß Tell aus der landvögtischen Schiffes-Finsternis, indem er der schaukelnden Tyrannei einen endgültigen verabschiedenden Fußtritt versetzt, auf die hohe Felsenplatte springt, wo ihn Licht, Luft und Befreiung umarmen, dadurch hat er sich auf eine Wolke, glänzend von Bewegungsfreiheit, hinaufgeschwungen, und er hat, indem er sich persönlich befreit, auch schon dem Vaterland den Dienst des Erretters und Befreiers geleistet, er hat schon hier den Drachen getötet, hier schon ist das feige Tyrannen-Ungeheuer erschossen worden, und zwar durch eben jenen endgültig wegstoßenden Fußtritt, durch dieselbe Bewegung also, die ihn selbst ans Licht und auf die Platte schwingt, indem das schwankende Greuel auf den Wellen des empörten Sees weitertreibt. Hier ist die große Tat geschehen, hier ist der Würfel geschüttelt, das Gesetz zur unerbittlichen Ausführung gebracht, der Tyrannenmord vollbracht worden. Und wunderbar ist, wie der jugendlichen Rache-Möglichkeit die Rache folgt, wie aus dem Mordgedanken der Mord, wie aus dem rasch gefaßten Entschluß allsogleich die Vollstreckung springt. Was nützen dem Vaterland gefesselte, an Mastbäume gebundene energische Männer? Was hat die Allgemeinheit davon, daß ein großer Mann in der Gefangenschaft schmachtet? Tell mußte frei werden; er wurde aber auch frei: er ist es jetzt.

Bewußtheit des Zieles ist die lebhafte Empfindung derjenigen, die, der Not und dem Elend entsprungen, neuer Not und neuem, noch gräßlicherem Elend ins Auge blikken, und Tell ist daher erfüllt von dem Bewußtsein, daß es absolut notwendig ist, Rache zu nehmen, abschließende Vergeltung zu üben. Ein Genie-Gedanke, ein kaum gedachter, sondern in jeder Beziehung nur gefühlter und gleichsam erhorchter Gedanke blitzt ihm, einem tatsächlichen nachterhellenden Wetterblitz ähnlich, vor dem Gemüt und vor dem Verstand großartig auf, nämlich der Gedanke, jedes Ausruhen und Zögern jetzt zu vermeiden und sogleich zur erschütternden Tat zu schreiten. Das gewaltig angestrengte Herz klopft ihm gegen die wackere Brust; doch er, Tell, er springt, er macht Sätze von Fels zu Fels, denn er denkt schon hier an den Hohlweg, an den Punkt der Tat, an den Ursprung des vernichtenden Blitzes, an die Stelle, wo später der berühmte Pfeilschuß gefallen ist. Und das stürmische Glück, sich fessellos und kerkerlos zu fühlen, in der Brust bezwingend, zwingt er sich zugleich in einen neuen selbstgeschaffenen und selbsterfundenen Kerker hinab: in die harte, abgrundähnliche Unmöglichkeit und Undenkbarkeit hinab, jemals noch dem Entschluß, den er gefaßt hat, entfliehen zu dürfen. So oder ähnlich verfügen und disponieren über die eigenen Spannkräfte nur große Menschen, nur Helden. Und Tell zeigt jetzt dadurch, daß er alle persönlichen Glücksempfindungen überwindet und tötet, indem er sich zum Töten des Tyrannen aufrafft, daß er ein Held ist. «Vorwärts! Zum Ort der Tat»: so schreit, so donnert es jetzt in ihm, so preßt er all das zögernde Persönliche nieder. Ja, hier ist ein Mensch, der handelt, hier ist er, den Entschluß, dessen Plan und Ende herrlich zusammenfallen.

Hier umarmen sich Gedanke und Bewegung. O, viele, viele Menschen sind auch schon vom Bewußtsein einer notwendigen Tat durchdrungen und beseelt gewesen, aber getan haben sie dann doch nicht, was hätte getan werden müssen, denn es war ihnen zu schrecklich, zu tun, was sie zu tun dachten. So ergeht es namentlich reflektierenden, gebildeten Menschen. So geht es im Allgemeinen zu: heutzutage! Doch Tell: seht, wie er jetzt bemüht ist, aus der Höhle des Entschlusses ans himmlische Licht des ungesäumten Tuns zu dringen; Tell ist kein dichtender und trachtender, kein denkender und spekulierender, sondern ein einfacher, ein tragischer Mensch, ein Mensch der Tat, ein Held ist er, geboten, sich unsterblich zu machen.

Tell ist gequält worden, wie noch selten ein Mensch, ein Erdenbewohner, ein Gatte und ein Vater gemartert und gequält worden ist. Doch auch kleine, niedrige Menschenseelen lassen sich quälen, kann man quälen. Zum Gequält und Gefoltertwerden braucht es keine Größe. Bis hierher, bis zum Landvogten-Prunkschiff ist Tell nur Gegenstand, kleiner Gegenstand des Tyrannen-Hohnes und ein wundervoller, ein entsetzlicher Schütze gewesen; doch jetzt, da er wie ein aufzuckender Lichtstrahl aus der Schiffes-Mitternacht an den schimmernden Felsen-Platten-Mittag springt, ist er gewachsen, ist er ein Riese geworden, ist er groß geworden. Er ist jetzt nicht mehr geplagt, sondern er verfügt, bestimmt und regiert jetzt. Die Hände und die Arme sind ihm frei, der Gedanke kann zielen, wohin er will, und Tells Gedanken kennen ihr verabscheuenswertes und hassenswertes Ziel. Doch hassen? Nein, Tell denkt gar nicht mehr an Haß und an Abscheu: er ist Jäger und paßt dem ahnungslosen stolzen wilden Tier auf. Er ist befreit von allen fesselnden und bindenden Empfindungen. Ja, er war niedrig und klein. Ein Knecht seines Herrn, ein Untertan seines Gebieters war er, ein Sohn seines Landes war er, ein hutabziehendes, gehorsames, demütiges Geschöpf war er. War er? Er hat ja aber eines Tages seinen Hut nicht mehr abziehen und den Gewohnheitsknix nicht mehr machen wollen; und hier vielleicht schon, bei der urplötzlichen Verweigerung des erniedrigenden Alltagsgehorsams ist der Tyrann erschossen worden. Tyrannen sind nie groß. Tyrannei schließt jede Größe aus, deshalb, weil die unausgesetzte Lüsternheit sie blind macht. Der Landvogt hat keine Ahnung gehabt, daß unter den schlichten Gebirgsleuten ein Genie, ein Tell lebt. Er hat geirrt wie ein dreizehnjähriges Kind; und er büßt nun dafür. Er ist launisch, träg, grausam, keck und übergebieterisch gewesen und er wird nun erschossen, das heißt: er ist es schon. Er lebt noch, aber er lebt nur noch ein Zwanzig- bis Fünfundzwanzigminutenleben. Da Tell, der Schütze Tell, der dem eigenen Kind den Apfel vom Kopf weggeschossen hat, jetzt auf die Brust des leichtsinnigen Wüterichs zielt, ist der Wüterich, kann man sagen, schon im voraus durchbohrt, schon im voraus verloren und zu den Verdammten geworfen. Seht, wie Tell lauert, der Jäger Tell kauert und lauert.

Spricht nun Tell ein Gebet? Telle haben nicht nötig, zu beten. Für Menschen, die Himmel und Hölle selber in der Menschenbrust fühlen, gefühlt haben und stets weiter fühlen und durchwandern werden, gibt es keinen Gnaden- und Ungnaden-Gott mehr. Wo der menschliche Wille so groß ist, müssen die Götter verschwinden. Hat nicht Gott den Tell im Stich gelassen im Augenblick höchster, ja, wahnsinnigster Not? Oder ist Gott dann gekommen und hat Tell aus dem Schiff befreit? Einerlei. Und wenn es so ist: Gott verzichtet auf Gebete, wo er eine Tat sieht. Taten sind ihm die liebsten Gebete. Also betet jetzt Tell.

Und nun kommt der verbrecherische, anmutige Tänzer, auf einem weißen Roß flatterhaft daherreitend. Ja, er ist es, der Landvogt, und hinter ihm her und um ihn herum sprengt und flattert und zwitschert das stets liebenswürdige Gefolge, die muntere, sattgegessene Schar stets gefälliger und schmeichelnder Lügen. Ein fürstlicher Auftritt. Ein Anblick zum Verzagen für einen zielenden, vogelfrei erklärten Verbrecher an Staat und Majestät. Doch Tell zittert nicht: er schießt und trifft; und hat damit getan, was ihm erlaubt, müde nach Hause zu gehen.

BEDENKLICHE GESCHICHTE

Im Bereiche der Kunst macht oft das Schlechte und Ungenügende, falls man dazu gelangt, es wiederholt zu genießen, den tiefsten Eindruck, Gemeinheit und Rohheit üben auf ein empfindliches Herz einen außerordentlich starken Einfluß aus, während umgekehrt das Feine und Gute nach und nach zu stören imstande ist. Gerade von der Bühne herab reizen schlechte und ungefüge Kunstleistungen die zuschauende Phantasie in ungefähr eben dem Maß, wie es die ganz hohen und vortrefflichen vermögen. Die mittelmäßige Darbietung aber verschmäht man, man empfindet sie sehr leicht als anmaßend und ungebührlich, und sie erntet weder unsern Dank, noch das gesunde Mißfallen, womit wir die schlechte Vorstellung zu belohnen und zu bekränzen pflegen. Der Kunst gegenüber gibt es nur zwei echte Empfindungen, die Entrüstung oder das Entzücken, den Abscheu oder das Wohlgefallen. Man muß entweder spotten dürfen, oder man soll zittern und lechzen müssen. Die Zuhörerwelt will als solche gern etwas Ganzes, Rundes und Massives sein.

Ist es uns nicht möglich, hingerissen und warm zu sein, so möchten wir die Freiheit genießen, die Nase hochmütig und spöttisch rümpfen zu dürfen, die Achsel zu zucken und in ein kaltes, schneidendes Gelächter ausbrechen zu können. Grausamkeit und Rohheit sind gesund, die Verachtung ist ein Gefühl, das diejenigen, die zu einer andern Stunde zu schwärmen verstehen, zu schätzen wissen. Eine halbe Kunstleistung zu schätzen, ist unmöglich. In der Kunst gibt es keine Achtung, keinen Respekt, die Kunst ist nicht unser lieber guter Freund, der Gold wert ist, weil er ehrlich ist. Wenn Kunst nichts als ehrlich ist, ist sie schlecht. Wenn ein Mensch nichts als ehrlich ist, so hat er die denkbar höchste Stufe erreicht, die die Würde emporklimmen kann. Heutzutage treten sehr viele Menschen in die Reihen der Kunstbeflissenen ein, deshalb, weil sie fühlen, daß sie ein gutes und wohlwollendes Herz haben. Man hält sich für einen Künstler, dadurch, daß man empfindet, daß man kein gemeiner Kerl ist. Als ob nicht gerade die Grundlage zur vortrefflichen Kunstarbeit die genaue Kenntnis des Gemeinen wäre.

Alle Irrtümer rächen sich, auch die aus den lieblichsten und reinsten Quellen stammenden, und nirgends treten die ebenso holden wie abscheulichen Irrtümer so klar zutage wie auf der Bühne. Vielleicht hat die Kunst im Laufe der Zeit ein zu hohes und zu solides Ansehen gewonnen, es ist zu gefahrlos geworden, sich mit ihr zu befassen, das mag die Ursache sein, warum jeder dritte oder vierte ‹nette Mensch› Künstler werden will. Man sollte versuchen, dieses Gebiet zu mißkreditieren, damit sich in Zukunft nur die Lumpen oder die Helden darauf zu tummeln wagen.

LÜGE AUF DIE BÜHNE

Wir leben jetzt in einer merkwürdigen Zeit, wiewohl vielleicht alle Zeiten irgend so etwas Zeitlich-Merkwürdiges jeweilen an sich gehabt haben. Item, die unsrige scheint mir sehr, sehr merkwürdig, besonders dann, wenn ich so, wie ich es gerade jetzt tue, meinen Finger an die Nase lege, um darüber nachzudenken, was es eigentlich mit diesem Leben, das wir jetzt mit aller Macht in die Bühne hinaufstopfen, für eine Bewandtnis hat. Wir füttern jetzt die Bühne mit Leben, daß sie wahrhaftig genug zu fressen hat. Der hinterste und verborgenste Dichter präsentiert dem Theater irgendwelches hinterste und verborgenste Stücklein Leben. Wenn das derart schwungvoll weitergeht, wird das Leben bald wie eine schwindsüchtige Kranke platt daliegen, ausgesogen und bis an die Rippen ausgepumpt, während das Theater so fett, behäbig und vollgestopft sein wird, ungefähr wie ein Ingenieur, der mit seinen patentierten Unternehmungen Glück gehabt hat und sich nun alles, was die Welt an Genüssen bietet, gestatten darf.

Die Bühne braucht Leben! Ja, aber Herrgottsack, woher all das gute, solide, wahrhaftige Leben nur immer nehmen? Aus dem Leben, nicht wahr? Ja, aber ist denn das Leben gar nur so unerschöpflich? Meiner Ansicht nach ist es nur insofern unerschöpflich, als man es ruhig, flüssig und breit, wie einen wilden, schönen Strom seine natürliche Bahn weiterziehen läßt. Man möchte aber bald des Glaubens werden, wir gebildeten Tröpfe von Menschen seien nur noch Ausbeuter, Ausklopfer des Lebens, nicht die natürlichen Kinder desselben. Gerade, als ob das Leben ein großer, staubichter Teppich wäre, der jetzt in diesem unserm Zeitalter über die Stange gehängt und tüchtig geklopft werden sollte. Sogar die Zahntechniker, nachdem sie die Lulu gesehen haben, fangen jetzt an, die Züge und Muskeln des Lebens zu studieren, als gälte es, eine alte Leiche aufzuschneiden, um die Stücke davon auf die Bühne zu schleudern.

Die Sache ist die: je lebhafter und natürlicher es auf dem Theater aussieht, desto ängstlicher, behüteter, geärgerter und gepolsterter wird es im täglichen Leben ausschauen. Die Bühne übt, wenn sie Wahrheiten ausklopft, einen verschüchternden Einfluß aus; wenn sie aber, was sie etwa früher noch ein bißchen getan hat, goldene, ideale Lügen in großer, unnatürlich-schöner Form ausspinnt, so wirkt sie aufreizend und ermunternd und fördert wiederum die schönen, krassen Gemeinheiten des Lebens. Man ist dann eben im Theater gewesen und hat sich an einer fremden, edeln, schönen, sanften Welt berauscht. Gebt acht mit euern ungezügelten Naturstücken, daß das Leben nicht eines Tages versickert. Ich bin für ein Lügentheater, Gott helfe mir.

BEANTWORTUNG EINER ANFRAGE

Sie fragen mich an, ob ich eine Idee für Sie habe, eine Art Skizze für Sie zu entwerfen, ein Schauspiel, einen Tanz, eine Pantomime oder sonst irgend etwas, das Sie benutzen könnten, woran Sie sich halten könnten; meine Idee ist ungefähr folgende: Legen Sie sich Masken zu, ein halbes Dutzend Nasen, Stirnen, Haarbüschel und Augenbrauen und zwanzig Stimmen. Womöglich gehen Sie zu einem Maler, der zugleich Schneider ist, und lassen sich eine Reihenfolge von Kostümen anfertigen, und tragen dafür Sorge, daß ein paar gute, solide Dekorationen angeschafft werden, damit Sie, in einen schwarzen Mantel gehüllt, eine Treppe hinabsteigen oder zu einem Fenster hinausschauen können, um ein Gebrüll auszustoßen, ein kurzes, löwenhaftes, dickes, schweres Gebrüll, daß man in der Tat glauben soll, eine Seele brülle, eine Menschenbrust.

Auf diesen Schrei bitte ich Sie acht geben zu wollen, legen Sie Eleganz in denselben, tönen Sie ihn rein und korrekt heraus, und dann dürfen Sie meinetwegen mit der Hand nach einem von Ihren Haarbüscheln greifen, um ihn *doucement* an die Erde zu legen. Solches wirkt, wenn es graziös gemacht wird, schauerlich. Man wird denken, Sie seien vor Schmerz dumm geworden. Um eine tragische Wirkung zu erzielen, muß man zu den sowohl nächsten wie äußerst entfernten Mitteln greifen, das sage ich, damit Sie verstehen, daß es gut sein wird, jetzt Ihren Finger in Ihre Nase zu stecken und mit demselben tüchtig hin und her zu grübeln. Mancher Zuschauer wird weinen, wenn er dies mitansieht, eine solche edle, düstere Figur, wie Sie sind, sich so unmanierlich und kläglich benehmen zu sehen. Es kommt eben nur darauf an, was Sie dazu für ein Gesicht machen und von welcher Seite her Sie beleuchtet werden. Stoßen Sie doch Ihren Herrn Beleuchter in die Rippen, damit er sich ordentlich

Mühe gibt, und vor allen Dingen, nehmen Sie Ihre Gesichtszüge, Ihre Handbewegungen, Ihre Arme und Beine und Ihren Mund zusammen.

Erinnern Sie sich dessen, was ich Ihnen früher schon einmal gesagt habe, nämlich, Sie werden es hoffentlich noch wissen, daß es allein schon einem so oder so geöffneten oder geschlossenen Auge möglich ist, die Wirkung der Furchtbarkeit, Schönheit, Trauer oder Liebe, oder wessen Sie wollen, auszuüben. Es braucht wenig, um Liebe darzustellen, aber irgend einmal in Ihrem gottlob wildzerrissenen Leben müssen Sie ehrlich und schlicht empfunden haben, was Liebe ist und wie die Liebe sich zu benehmen beliebt. So ist es natürlich auch mit dem Zorn, mit dem Gefühl namenloser Trauer, kurz, mit jeder menschlichen Empfindung. Beiläufig rate ich Ihnen, öfters in Ihrem Zimmer Turnübungen zu machen, in den Wald zu gehen, Ihre Lungenflügel zu kräftigen, Sport zu treiben, aber aparten und wohlabgemessenen, den Zirkus zu besuchen und sich die Manieren der dummen Auguste zu merken, und dann ernstlich darüber nachzudenken, mit welcher raschen Bewegung Ihres Körpers Sie ein Zucken der Seele am besten zu versinnbildlichen vermögen. Die Bühne ist der offene, sinnliche Rachen der Dichtung, an Ihren Beinen, lieber Herr, können ganz bestimmte Seelenzustände zum erschütternden Ausdruck kommen, vom Gesicht und seinen tausend mimischen Aufgaben, die es hat, ganz zu schweigen. Ihre Haare müssen Ihnen gehorchen, wenn sie, um den Schreck zu versinnbildlichen, zu Berg steigen sollen, damit es den Zuschauern, den Bankiers und Spezereihändlern, graust vor Ihnen.

Nun sind Sie also sprachlos gewesen, haben in der Verlorenheit Ihrer Gedanken in der Nase gegrübelt, einem unartigen und unbesonnenen Kind ähnlich, und fangen nun an zu sprechen. Aber so, wie Sie das tun wollen, kriecht und züngelt Ihnen eine grünlich-feurige Schlange zum schmerzverzerrten Mund heraus, daß Sie selber vor Entsetzen an allen Ihren Gliedern zu zittern scheinen. Die Schlange fällt an den Boden und windet sich um den friedlichen Haarbüschel, ein Schrei der Angst geht wie aus einem einzigen Mund durch den ganzen Zuschauerraum; doch schon bieten Sie etwas Neues, Sie stechen sich ein langes, krummes Messer in das eine Auge, daß die Spitze des Messers, Blut herausspritzend, unten am Hals, in der Nähe der Gurgel, zum Vorschein kommt; hernach zünden Sie sich eine Zigarette an und tun so sonderbar gemütlich, als seien Sie über irgend etwas heimlich belustigt. Das Blut, das Ihren Körper besudelt, wird zu Sternen, die Sterne tanzen im ganzen Bühnenraum lockend, brennend und wild umher, Sie dagegen fangen sie alle mit dem geöffneten Mund auf, um sie der Reihe nach verschwinden zu machen. Dadurch dürfte Ihre Schauspielkunst einen wesentlichen Grad von Vollendung erreicht haben. Da fallen die Häuser der gemalten Dekoration um, wie fürchterliche Trunkenbolde, und begraben Sie. Nur eine Ihrer Hände sieht man unter dem dampfenden Schutt hinaufragen. Die Hand bewegt sich noch ein bißchen, da sinkt der Vorhang.

KENNEN SIE MEIER?

Meier mit ei geschrieben? Nicht? Nun, in diesem Falle möchte ich mir erlauben, Sie auf diesen Mann ergebenst aufmerksam zu machen. Er tritt gegenwärtig im Café

Bümplitz auf, das, ich weiß nicht mehr genau, in welcher Straße liegt. Dort, inmitten schlechten und unpassenden Tabakqualms, roher Worte und zuklappender Bierglasdeckel, spielt er Abend für Abend, bis ihn eines Tages vielleicht eine kluge Direktion abholen will, woran ich eigentlich keinen Augenblick zweifle, daß es nächstens geschehen wird. Dieser Mann, dieser Meier, dieser Kerl ist ein Genie. Nicht nur, daß er einen lachen machen kann, wie zwanzige in ihrem zusammenaddierten Leben nicht lachen können, zum Zerplatzen, was sage ich, zum Zusammenkugeln, was da, zum Sterben, o Tölpel, keinen bessern Vergleich aus deinem Schriftstellerkopf heraussteinklopfen zu können, nicht nur, daß sondern daß, bin ich konfus, ja, ganz recht, sondern daß ihm auch die ganz natürliche Aufreizung des tragischen Schauders nichts Unmögliches, sondern eine nur allzu leichte Sache ist. Bin ich eigentlich mit meinem Satz fertig oder nicht? Wenn nicht, so ist's gerade eine schöne Sache zum Fortfahren.

Meier trägt auch Couplets vor mit einer fabelhaften Wurstigkeit, und die Sprache, die er dazu spricht, ist wohl die unanfechtbarste, die es gibt, da er sie gleichsam, Brokken auf Brocken, fallen läßt, daß einer, der zuhorcht, auf den Gedanken kommen könnte, hinzugehen, zu des Mannes Füßen, um die Dinger da aufzulesen. Der Ton dieser Stimme, ich habe ihn nur zu genau studiert, gibt ungefähr klanglich den Eindruck wieder, den der Gang einer Schnecke aufs Auge macht, so prachtvoll langsam, so faul, so braun, so sehr gekrochen, so schleimig, so breiig und so sehr Kommichheutenichtkommichmorgen hört es sich an. Ein Genuß, ganz einfach. Ich kann's mit bestem Gewissen empfehlen.

Dieser Meier, muß man wissen, wenn man es noch nicht weiß, spielt einen Theaterdiener, seine Glanzrolle, eine Figur mit entsetzlichen Hosen, hohem Hut, angepappter Nase, Schachtel unter dem Arm, Löchern am Ellbogen, Zigarre im Mund, Maul statt nur frecher Schnauze und einem Bündel schlechter Witze auf der Tolpatschenzunge. Diese Figur ist zum Entzücken. Ich für mich habe sie jetzt bald, warten Sie mal, ich glaube, zum fünfzigsten Mal gesehen und bin noch lange nicht müde davon. Man wird eben nie müde, Vortreffliches anzuschauen.

Eine kleine Bühne, grell beleuchtet, ein Tisch darauf, ein Stuhl daneben, das soll das Bureau einer Direktorin vorstellen. Sie selber, die schlanke, jugendliche Frau, gibt bekannt, daß sie jetzt alles habe, was nötig sei, einen Zyklus von Vorstellungen zu eröffnen, nur eben gerade noch so ein Theaterdiener, das fehle ihr, aber sie habe bereits Annoncen in die Zeitungen einrücken lassen und sei nun begierig, wer sich melden wolle.

Tritt wer auf, gleich einem der Unterwelt entflogenen Geiste? Meier. Ei, der Teufel, natürlich, das hat man erwartet, aber sehen Sie, das Wunderbare ist, man sieht sich dennoch im höchsten Grade von der Neuheit überrascht, mit der es Meier mit ei versteht, die Treppe emporzuhosenbeinen, daß man in der Tat glauben muß, er müsse etwas gemacht haben, was in guter Gesellschaft nicht schicklich ist, auszusprechen.

Er meldet sich der erschrockenen Dame, die gewiß schon Oskar Wilde gelesen hat, mit einer sich nur allein für ihn geziemenden Umständlichkeit an, fragt und macht Dummheiten und fragt wieder, will wieder abziehen, tritt wieder auf, geht nochmals, um gleich wieder von neuem zu erscheinen, immer unverschämter, immer unanständiger in Wesen, Wort, Manier, Gebärde, Ton und Haltung. Doch bei allem dem ist erstaunliches Talent, zur rechten Zeit eine Schweinerei zu sagen, und sie wie zu sagen? Wie, daß muß eben einer gehört haben. Allabendlich hörens zwanzige, dreißige, sonnabends und sonntags achtzige, hunderte, hundertfünfzehne oder einer mehr an.

Ich habe schon gesagt, Meier könne auch tragisch wirken. Um dies zu bewerkstelligen, verändert er einfach seine Stimme und wirft seine Hände hoch, ein Mittel, das noch jedesmal geholfen hat. Alsdann ist er ein Wahnsinniger, ein König Leer; nicht Lear, sondern Leer, weil während dieser Produktion sämtliche Leute das machen, was in dem Vers enthalten ist: Und sie gingen flugs nach Hause! Ich allein pflege dann dazusitzen. Ich erfahre dann, was es heißt, Schreck zu empfinden, wenn plötzlich die Stimme eines Menschen ein turmhohes Haus wird, wie Meier seine, zu dessen offenen Fenstern und Türen irgend ein unbekanntes Ungeheuer herausbrüllt. Wie mich die Angst geschüttelt hat, jedesmal, und wie froh ich war, als aus dem Meier mit dem fürchterlichen oho oder hu oder nä wieder ein Meier mit ei wurde.

WAS MACHT MEIN STÜCK?

Theaterdirektionszimmer

Direktor: Laßt niemand herein, ich will heute mit keinem sprechen, wo sind meine Dramaturgen? Wenn ich auch ihre Gegenwart nicht wünsche, so hoffe ich doch, daß man mir sagen kann, wo sie sich aufhalten. Manchmal ist mir, ich hätte eine Drehbühne im Kopf, derart wimmelt es mir von Gedanken. Was habe ich gestern für Pläne gehabt? Es müssen hohe Pläne gewesen sein, daß sie mir haben spurlos entschwinden können. Ich weiß, nur die Hoheit kann so leise auftreten. Ist niemand da, der mir sagen kann, wie spät es jetzt ist? *(Er erblickt die dunkle Gestalt des Autors).* Wer hat mir das angetan, wer sind Sie, zu welcher Tür sind Sie hereingekommen? Habe ich deshalb einen Stab von Bedienten um mich, daß ich keinen Moment vor Bettlern sicher sein soll?

Autor: Bitte sehr, ich habe hier vor zwölf Jahren ein Stück eingereicht. Ich gestehe, es zeugt von Bettelhaftigkeit, von etwas zu sprechen, das vor zwölf Jahren hätte sollen erledigt werden, aber ich fühle mich nicht verantwortlich für solche Sonderbarkeiten.

Direktor: Was wollen Sie? Und wie heißen Sie? Und wie heißt Ihr Stück?

Autor: Ich will nichts, ich habe keinen Namen, und das Stück schämt sich seines Titels. Sie sehen mich purpurrot vor Zorn, mein Herr, aber ich ersuche Sie dringendst, meine Aufwallungen lächerlich finden zu wollen. Lassen Sie mich die Treppe hinunterwerfen. Ohrfeigen Sie mich und waschen Sie sich die Hände, die der Schlag verunreinigt hat, in meinem Blute ab. Wenn Sie es befehlen, schneide ich mir die Kehle auf.

Direktor: Ich sehe, Sie vertragen meinen Anblick nicht. Ein Geringerer als ich wird Ihnen vielleicht vernünftigere Worte entlocken. Ich schicke Volk zu Ihnen herein. Bleiben Sie.

(Links ab. Von rechts erster Dramaturg)

Dramaturg: Mensch, wie sehen Sie aus? Muß es denn immer der schlotternden Schäbigkeit gegeben sein, Verse machen zu können? Ich weiß, ich weiß. Reißen Sie nur nicht erst noch den Mund auf. Sie haben vor zirka achtzehn Jahren ein schlechtes Stück eingereicht, und nun stehen Sie hier und warten auf Antwort, als wären Sie einem alten, aus der Mode gekommenen Figurinenalbum entsprungen. Ich habe keine Zeit.

(Geht ab. Zweiter Dramaturg)

Zweiter Dramaturg: Sie kommen mir bekannt vor, ich habe von Ihnen vor zwanzig Jahren geträumt, aber ich habe Eile, ich habe ein bißchen Zahnweh und infolgedessen, verstehen Sie, wenig Bedürfnis, das Weh unserer Epoche näher kennen zu lernen. Übrigens bin ich dabei, zum ersten Dramaturgen befördert zu werden, wie kann ich da nicht Eile haben wollen. Sehen Sie, ich kenne Sie. Es ist schade, daß ich Eile habe, mit Ihnen Mitleid fühle und Sie kenne. Wenn Sie mir interessanter wären, würde ich Sie fragen, was Sie begehren, aber ich finde, daß ich Eile habe, daß ich Sie bereits kenne, daß ich erschüttert bin, Sie derart vor mir stehen sehen zu müssen. Bleiben Sie, es tritt noch mehr Volk auf.

(Geht ab. Dritter Dramaturg)

Dritter Dramaturg: Guten Tag. Wie geht es Ihnen, mein Lieber, aber trotzdem ich Sie frage, wie es Ihnen geht, habe ich viel zu tun und muß ab *(in der Tür)* -treten.

(Geht ab. Vierter Dramaturg)

Vierter Dramaturg: Es brennt hinter mir. Die Kulissen fallen alle um. Zweie sind schon unter den Trümmern begraben. Überall ist eine Hitze, daß man schreien möchte, der Himmel ist auf die Erde gefallen, und das wälzt sich jetzt ineinander. Hinter und vor mir und neben mir

Flammen. Fürchterlich ist das Gebrüll der Sterbenden. Die Häuser bewegen sich wie entsetzliche Trunkenbolde, Bäume fliegen wie große Vögel in der Luft. Die Eisenbahnbrücken bäumen sich wie Schlangen auf und fallen wie schwere Säcke um. Im ganzen Theater ist Verwirrung, die Schauspieler revoltieren, und Sie, wie können Sie sich herausnehmen, so gelassen dazustehen. Sie haben sich wahrscheinlich nie in ihrem Leben flink benommen. Die Eile ist ein Panther und frißt mich.

(Rennt ab. Fünfter Dramaturg)

Fünfter Dramaturg: Sie weinen, Mann? Sagen Sie mir, was fehlt Ihnen?

Autor: Alles.

Dramaturg: Dann beneide ich Sie.

(Geht gemütlich ab. Ein Maler tritt auf)

Maler: Was stehen Sie hier müßig. Sie haben sicher keine Familie. Kommen Sie, helfen Sie mir die Plastiken anstreichen.

(Zerrt ihn fort. Der Direktor)

Direktor: Der Mann ist weg. Meine Herren Ausläufer scheinen es ihm besorgt zu haben.

(Er klingelt)

AN EINE ANGEHENDE TÄNZERIN

Lerne nur tanzen, ja, tu das, übe dich, sporne und spanne die Körperkräfte zur Grazie an, springe, turne, tanze, erhebe dich über die trübselige große Gruppe von Mädchen, die den Leib und die Seele so rasch dem Manne verkaufen, lege eine offene Wohllust in die freie Übung, eine Freude in die Anstrengung, übe dich im Schönsein, bewege und lege deine Arme an die Luft, biege den Hals hin und her, schmiege die Glieder an den hohen Gedanken der Turnkunst, lehne dich an die unschuldige Malerei an und schaffe und verwandle die kleinen, geheimen Lüste, die dich zur Sklavin machen wollen, in Lust, gewöhne dich an die Idee der Unstillbarkeit deines Durstes, zwinge dich, durstig nach Erfindungen zu sein, erfinde, webe und lebe und strebe, denn es gibt nur ein einziges gerechtfertigtes Streben in der Welt, das unaufhörliche, und nur ein einziges Schaffen, das lust- und peinerfüllte, und nur einen einzigen Willen, den unzerstörbaren. Fülle dich an, von oben bis unten, von dem guten zündenden Willen, Schönes zu leisten, zügle dich, wenn du hastest, peitsche dich, wenn du plötzlich, von verräterischen Begierden verführt, meinst, dir Ruhe gönnen zu dürfen, verachte das Glied und beschimpfe es, wenn es dir in treulosen Ermüdungen erschlaffen will, fordere von der letzten deiner Kräfte Hingebung und Anstrengung, wüte, zürne, knirsche mit deinen Zähnen, aber mach, daß du immer, Schritt für Schritt, dem Wunder der Vollendung näher kommst. Immer höher hinauf, die schmerzenden Schwierigkeiten überwindend, mußt du dich schwingen, bis wo die Spitze der Kunst mit dem Schnee der Zartheit eisig und schimmernd bedeckt ist. Bist du oben, so kannst du dich, spielend mit der erworbenen Macht, oftmals in die breitere und wärmere Gelassenheit beseligend niederneigen, aber im Bewußtsein, daß der Gedanke oben bleibt, und daß es dir nur einer Regung bedarf, dich ungeheuerlich und unnahbar für jede Bewunderung zu machen. Die dich anschauen, müssen erblassen vor Seelenerregtheit. Die dich dann so empfinden, müssen sterben.

AN DIE KÜNSTLERIN

Wo bist du? Grollst du? Bist du traurig? Was bedeutet es, daß du nicht mehr auftrittst? Was soll es heißen, daß du so im Verborgenen, gleichsam versteckt in einem Winkel, lebst? Macht es dir keine, wirklich keine Freude mehr, dich zu zeigen im Licht der Rampe? Oder wenn du gerne tätest, was du so lange schon nicht mehr tust, wer oder was ist es, das dich hindert, dich uns wieder vorzustellen? Wir alle sind sterbliche, schwache Menschen, wir alle können eines Tages einem Leiden zum Opfer fallen, von einem Unglück niedergeworfen werden. Aber nicht doch. Nicht wahr, du, du bist doch gesund an Seele und Leib! Aber warum erscheinst du dann nicht, bangen Fragen ein Ende zu machen? Die Künstlerin, die gestaltende, wo ist sie? Meint sie, in Trauer verloren, etwa keine Aufgaben mehr zu haben, oder glaubt sie sich (aber das ist ja unmöglich!) am Ziel ihres bis dahin so emsigen Schaffens? Es gibt Entmutigungen, bist du mutlos? Es gibt Kränkungen, bitte, sage, wer kränkte dich? Es gibt Verirrungen, bist du irre gegangen? Es gibt Niederlagen, Frau, aber keine, die nicht zu überwinden, zu beseitigen und zu besiegen sind, wenigstens dir nicht, denn dich hielten wir ja alle für so stark. Machst du uns jetzt schwanken in diesem uns so lieben und wertvollen Glauben? Oder irren wir uns und trittst du schon morgen, die Mitternacht verherrlichend, wieder auf? Tu das, tritt auf, zeige dich, zerstreue sie, die voreiligen Zweifel, sei, die du bist, sei eine noch Schönere als du warst, blende uns, rühre und erschüttere uns. Als du das letzte Mal, es scheint uns schon so lange her, auftratest, wollten einige unter uns ein Versagen deines Talentes beobachtet haben, doch du weißt ja, wie eilig es die Menschen haben, Fehler und Schwächen an ihren Mitmenschen zu entdecken, wie viel unfeine Wonne es ihnen bereitet, die künstlerische Leistung zu tadeln, die, so groß und so schön sie gewesen ist, vielleicht ein wenig Anlaß darbot, sie zu rügen. Lasse dich das nicht so anfechten. Tritt mit der Würde des Genies vor die Tadler und Mißgönner, denke, es seien nur Freunde da, denke an gar nichts, laß dich hinreißen und spiele. Oder geniert dich irgend etwas anderes, Tieferes? Aber darf es das? Darfst du dich genieren lassen? Da du der Welt gehörst, gehörst du nicht dir, da du dich der Kunst verpflichtet fühlst, darfst du dich nicht den Rücksichten, die die Menschen gewöhnlich nehmen, verpflichtet fühlen. Den Druck mußt du abschütteln, die Zartheit mußt du ersticken, das Weh mußt du erwürgen, die persönliche Freude und Liebe kannst du nicht anders als dämpfen, dich mit Lust und Liebe der Unerschütterlichkeit deines Wollens hingebend. Tausende von Frauen dürfen, weniger wert als du, mehr als du; du bist größer und zugleich ärmer; du darfst weniger, du mußt dafür mehr. In dir und aus dir hervor darf es niemals erlahmen zu brechen mit Blitzstrahlen des Künstlergedankens. Nicht müde! Nein, sei du der frisch hervorsprudelnde Quell, das lebendige Wasser, der unaufhaltsame Strom, der brausende, beglückende Wind, der Sturm, der Gedanke. Laß du den andern den Mißmut. So hoch begabt wie du, sollst du nur am einzigen dich erquicken und freuen wollen, am Niemals-Ermüden, am Großen, am Gefährlichen, am Göttlichen. Oder glaubst du, man wolle dich nicht mehr würdigen? Du hast nichts derartiges in Erwägung zu ziehen. Auf den Gipfel der Kunst gestellt, sollst du ihn behaupten. Laß uns wieder deinen Schrei vernehmen, laß uns dich wieder sehen, hören, bewundern, genießen und verehren. Wie? Du wolltest ins Grab der Vergessenheit sinken? Lies dies und lächle.

BERLIN UND DER KÜNSTLER

Anderswo, in der stillen Provinz, sieht sich der Künstler leicht von Melancholien umgeben. Verloren in Geanken, sitzt er am einsamen Fenster, in der mittelalterlichen Stube, umflossen von seltsamem Zwielicht, und träumt untätig in die schwungvolle Landschaft hinaus. Es kommt niemand. Er wird durch nichts gestört. Es herrscht eine unaussprechliche Stille in der Umgebung. In der Hauptstadt dagegen sind immer Störungen vorrätig, gleich einem lebendigen Warenlager von Aufmunterungen, und das ist für unsern Mann natürlich nur wohltuend. Künstlerseelen müssen immer wieder ein wenig aus dem Zauberbann, in dem sie gefesselt liegen, aufgeweckt werden. Es lebt in fast jedem, jedenfalls im echten Künstler, ein Märchenreich. In Märchenländern aber schlummert man. Man ist da nicht tätig. Ist nicht die heutige deutsche Provinz wie ein träumendes, schlummerndes Märchen? Zum Beispiel Magdeburg. Hat Magdeburg ein selbstbewußteigenwilliges geistiges Leben? So so, la la. Das ist es.

Wie ist da Berlin toll. Eine Stadt wie Berlin ist ein ungezogener, frecher, intelligenter Bengel, bejahend, was ihm so paßt und wegwerfend, wessen er überdrüssig geworden ist. Hier in der Großstadt spürt man es ordentlich, daß es Geisteswellen gibt, hinwegströmend, gleich einem Bad, über das gesellige Leben. Ein Künstler ist hier gezwungen aufzuhorchen. Anderswo darf er, die Ohren verstopft, in die Ignoranz versinken. Hier darf er das nicht. Er muß sich vielmehr beständig menschlich ein bißchen zusammennehmen, und dieser Zwang, der ihn umkreist, gereicht ihm zum Vorteil. Doch es gibt da auch andere Dinge.

Berlin ruht nie, und köstlich ist das. Jeder erwachende Morgen bedeutet einen neuen angenehm-unangenehmen Überfall aufs Behagen, und das tut ihm gut, dem Bequemlichkeitssinn. Der Künstler besitzt, ungefähr wie das Kind, einen angebornen Hang zur schönen, edlen Faulpelzerei. Nun, in dieses Faulenzertum, in dieses Königtum, weht immer wieder frischer Ansporn-Sturmwind. Ins stille, feine Wesen fährt das grobe, laute und unfeine. Es verwischt sich da stets etwas, und das ist gut, es ist Berlin, und Berlin ist ausgezeichnet.

Der gediegene Provinzmensch soll nur ja nicht glauben, daß es hier in der Großstadt nicht auch Einsamkeiten gibt. Es gibt in der Weltstadt Einsamkeiten schauervoller Art, und wer Lust hat, von diesem erlesenen Gericht zu essen, der kann sich hier satt essen. Er kann dann erleben, was es heißt, in Wüsten und Einöden zu leben. Der großstädtische Künstler hat Gelegenheit in Hülle und Fülle, niemanden zu sehen und zu sprechen. Er macht sich ganz einfach in der Welt, die den Ton angibt, unbeliebt, oder aber, er versteift sich durchweg auf Mißerfolge, und im Nu sinkt er in die herrlichste, in die blühendste aller Verlassenheiten hinab.

Der Künstler, den die Erfolge krönen, lebt in der Großstadt wie in einem bezaubernden Morgenland-Traum. Er schiebt von einem vornehmen Haus ins reiche andere, er setzt sich, ohne sich lange zu besinnen, an die üppigen

Eßtische und macht kauend und süffelnd Unterhaltung. Wie im Rausch lebt er dahin. Und sein Talent? Läßt solch ein Künstler denn sein Talent liegen? Welche Frage! Als wenn man sich so ohne weiteres seiner Begabung entledigen könnte. Das Gegenteil. Unbewußt erstarkt das Talent, wenn man drauflos lebt. Man darf es nicht wie ein kränkliches Etwas immer hüten und pflegen. Es vertrocknet bei zu ängstlicher Pflege.

In seiner Schaffenshöhle darf der Künstlertyp immerhin, rasend vor Begierde und Sorge zu Ergebnissen der Schönheit zu gelangen, wie ein Tiger auf- und ablaufen. Von keinem Menschen beobachtet, verargt ihm das auch niemand. In Gesellschaft soll er ein möglichst flotter, netter, scharmanter Mensch sein, nicht zu bedeutend, aber auch nicht zu unbedeutend. Eins darf er nie außer acht lassen: er hat geradezu die Pflicht, reichen schönen Frauen ein wenig den Hof zu machen.

Sind ungefähr fünf oder sechs Jahre verflossen, so fühlt sich der Künstler, und mag er auch von Bauern abstammen, in der Großstadt wie zu Hause. Seine Eltern scheinen hier gelebt und ihn zur Welt gebracht zu haben. Verpflichtet, verschuldet und verschwistert fühlt er sich dem sonderbaren Gerassel, Geräusche und Getöse. Das Hasten und Wehen empfindet er wie eine neblige, liebe Muttererscheinung. Er denkt nicht mehr daran, je wieder abzureisen. Mag es ihm gut oder schlecht gehen, mag er verkommen oder emporkommen, gleichviel, es «hat» ihn, er ist für immer bezaubert, es ist ihm unmöglich, dieser großartigen Ruhelosigkeit Adieu zu sagen.

DIE GROSSSTADTSTRASSE

Manche Straßen in der innern, alten Stadt liegen merkwürdig einsam da; ein Dom in seiner ehrwürdigen Pracht oder eine monotone Kaserne oder ein altes Schloß erhöhen noch den Eindruck der Stille und Einsamkeit. In den matt erhellten Bierstuben gutbürgerlichen Charakters sitzen an Tischen ein paar zeitungslesende Abendgäste; der Kellner steht müßig, die Serviette unter dem Arm. In einer andern Gegend, ein paar Straßen weiter, eilen die Menschen dicht neben- und hintereinander, verfolgt von niemandem, aber auch, wie es scheint, gelockt von niemandem. Die hundert gehen an ähnliche Orte und kommen von einerlei Orten her, und sie halten sich alle in einer in ihrer Art bewundernswürdigen Gemessenheit. Die Bäume sind sonderbar grün, nicht wie in andern Städten. Ein stiller Friedhof aus alten Zeiten grenzt an eine der belebtesten Straßen, auf deren holprigem Pflaster die Droschken, Fuhrwerke und Omnibusse unaufhörlich dahinrollen. In den Aschingerlokalen wird unaufhörlich Bier in die Gläser getan, und für alle diese der Reihe nach gefüllten Gläser finden sich Trinker und Abnehmer. Die Leiter der Vergnügungshäuser gebärden sich wie Offiziere auf Schlachtfeldern, und die Offiziere sieht man still, sanft, gesetzt und bescheiden einhergehen, als seien sie des äußerlichen Schneides längst überdrüssig, was wohl auch hie und da der Fall ist. Man muß sich, von einem Bürgersteig zum andern hinübergehend, hüten, überfahren zu werden, aber dieses Sichhüten ist unmerklich, es ist zur Gewohnheit geworden. Wie diese große Stadt die Menschenbewegungen hemmt und frißt. Die Leute, die im Norden wohnen, haben die hellen, vornehmen Gegenden des Westens vielleicht ein ganzes Jahr lang nicht mehr gesehen, und es ist nicht einzusehen, was eine Bewohnerin des Westens veranlassen könnte, die Gegend um den Schlesischen Bahnhof aufzusuchen, wenn nicht irgend ein besonderer Umstand es vermöchte.

Gebrechliche Leute sieht man hiesigen Ortes sehr wenig, und zwar wohl in erster Linie deshalb, weil der Kranke und der Müde diesen fortwährenden Verkehr zu scheuen alle Ursache haben und sich ruhig zu Hause verhalten. Was sich auf der Straße bewegt, ist mehr oder weniger rüstig und munter und markiert Lebensfröhlichkeit, schon aus Anstand, empfindend, daß alle, die da leben und gehen, sich zu einer gewissen unauffälligen Höflichkeit aufraffen. Der Verdrossene und der Mutlose müssen ihre Verdrossenheit und Mutlosigkeit schon aus rein praktischer Vorsicht dämpfen, der Unbeherrschte sieht sich gezwungen, sich zu beherrschen, der, der vor Lust laut auflachen möchte, sieht augenblicklich ein, daß er das nicht tun darf, und der, dem Tränen in die Augen treten, biegt rasch um, schaut in ein Schaufenster, als ob er sich wunder wie interessierte. Der Flirt bedient sich der einfachsten und zugleich zartesten Mittel. Obgleich es auf den Straßen und Plätzen und in den Straßenbahnen aussieht, als weiche Fremdes und Fremdes sich geflissentlich aus und als scheue jedermann eine Berührung oder Empfindung, so kommen doch sehr viele schöne, süße Annäherungen zustande, mehr als der Beobachter zu ahnen und der Uneinheimische zu beobachten vermag, eben weil der, der irgend etwas unternimmt oder beabsichtigt, so tut, als träume oder kalkuliere er ins Leere. Fällt irgendeine kleine Unannehmlichkeit vor, sei es, daß ein Pferd auf dem oft spiegelglatten Boden stürzt, sei es, daß es einen Händel absetzt oder dergleichen, so bildet sich um die Neuigkeit sogleich eine meist hübsche Gruppe von Umherstehern, die sich weder gleichgültig zu der Unterbrechung verhalten noch irgendwie heftig.

Es ist alles sauber. Die Schaufenster glänzen mit derselben sorgfältigen Sauberkeit wie die Äußerungen der Menschen, gebildeten und ungebildeten, das Dienstmädchen gewöhnt sich an, sich zu bewegen wie die Herrschaft, und die Dame des Hauses trägt nicht ihre Würde und ihre Unnahbarkeit vor die Haustüre. Der drollig-unschuldige Schuljunge trägt sein Schulzeugnis in derselben «Elektrischen» mit nach Hause, in der die Dirne sitzt oder der Mensch, der hier Zeit gewinnt, verbrecherische Pläne zu entwerfen, und das eine sticht nicht das andere. In vielen Augen glänzt heimliche Sehnsucht, viele Lippen sind zugebissen, viele Gemüter erzittern, aber alles will Art und Weise haben, alles will den vernünftigen Gang gehen, alles kann und will sich erhalten. Die Straßen sehen einander ähnlich wie die Schicksale der Menschen, und doch hat jede Straße ihren eigenen Charakter, und ein Schicksal ist nie zu vergleichen mit einem andern. Was die Eleganz betrifft, so sucht und versteht man sie im allgemeinen darin, daß man vermeidet sie zu entfalten; in einer gewissen Vernachlässigung liegt ihr höchster Reiz, ungefähr wie die Noblesse des Denkens und Fühlens, die zu Ende ist, wenn sie sich Mühe gibt, nach Ausdruck zu ringen, oder ungefähr wie der Stil der Sprache, der da versagt, wo er sich zeigen will.

Es liegt in der Größe und im Stolz dieser Stadt eine unverkennbare Stille; und eine Geräuschlosigkeit krönt das Geräusch, daß man sich, wenn man eine Zeitlang in der ländlichen Stille und Zurückgezogenheit gewesen ist, sehnt, es zu vernehmen, wie wenn es ein Labsal wäre. Und es unterliegt keinem Zweifel, daß in der Großstadt ein ausgeprägtes Bedürfnis vorherrscht, alle überflüssige Eile und alle Hast zu vermeiden. Gut essen und trinken ist hier sehr wichtig, hungernde Menschen sind bös auf ihre Mitmenschen und stoßen daher überall, wohin sie treten, an, entweder mit dem Ellbogen oder mit dem Ausdruck ihres unzufriedenen, grollenden Gesichtes. Groll ist ein Feind der Menschen und ein Feind der eigenen unnütz schmachtenden Person, und da das, wo viele Menschen sich dicht nebeneinander aufhalten, jedermann fühlt, so kann man sagen, daß die Stadt, die sich zur Großstadt entwickelt hat, so und so vielem Groll, der ins Leere hineingrollt, ein langsames Ende bereitet, weil es der Zürner und Groller mitten unter Menschen gar nicht aushält. O gewiß! Man ist oft von Zorn, Wut oder Haß erfüllt, aber dann geht man und vermischt sich, d. h. man geht unter Menschen, und siehe, das Seelenübel ist wieder verschwunden. Eine Art edler weitausschauender Sozialismus gewinnt hier auf natürliche Weise immer mehr Boden, und der Klassenhaß scheint nur noch in den Zeitungen zu existieren, die ihn malen. Jeder geringe Arbeiter oder Tagelöhner kann, wenn ihn die Gesundheit der Seele und des Leibes auszeichnet, gelassen über das Auftreten von reichen Leuten, die sich leiblich, wie sie oft nicht verbergen können, unwohl fühlen, triumphieren; so ist also der Kranke zu bedauern, nicht der Arme, und der Ungesunde ist der Entrechtete, nicht der, der von geringer Abkunft ist. Das lehrt die Großstadtstraße überzeugend. O Gott, es ist für diesmal genug, ich muß ausgehen, ich muß in die Welt hinunterspringen, ich halte es nicht mehr aus, ich muß irgend jemandem ins Gesicht lachen gehen, ich muß spazieren gehen. Ach, es ist so hübsch, so hübsch, zu leben.

KUTSCH

Man weiß von Kutsch, daß er drei unfertige Dramen im Kleiderschrank hat, außerdem arbeitet er jetzt an einem vierten, den Stoff liefert ihm Maupassant.

Heda, Kutsch!

Kutsch liebt es gar nicht, in so leichtsinniger Weise angesprochen zu werden, er ist mißtrauisch und er hat vielleicht Ursache dazu, denn er erstrebt das Höchste, und alle, die ganz Hohes erstreben, mögen nicht recht vertraulich zu den Nebenmenschen sein.

Da ist immer so etwas Fernes, was solchen Leuten vorschwebt. Solche Menschen sehen immer die Notwendigkeit vor sich, die ihnen zuflüstert: Entwickle dich! – Kutsch muß sich entwickeln, das steht oben an in seinem Programm, und das ist das Unheimliche, das ihn beständig ein wenig foltert, das ihn schärfer horchen läßt, das ihm befiehlt, ein nervös-zerrissenes Gesicht zu machen.

Er hat lange, schmale Hände, sensible Hände. Gewisse Witzblattzeichner machen sich gern über solche Hände her, um sie zeichnerisch auszubeuten. Mir liegt daran, eine ernste Charakterstudie zu bieten, und da heißt es so sehr aufpassen, kommt es so sehr darauf an, keinen Wesenszug zu übertreiben.

Kollege Kutsch!

Er hört dieses Wort nicht gern, er möchte am liebsten niemandes Kollege sein, er ist so eine Art Höhenmensch, der den Mantelkragen in die Höhe zieht. Wenn man seine Hand lebhaft drückt, knackt sie, und wenn Kutsch seinen Hut auf hat, so ist sein Kopf sehr interessant.

Er fürchtet immer, man könne über ihn spotten, aber es gibt gewisse Menschen, die man nur dann getreu abbildet, indem man über sie spottet.

Kutsch hat eines Nachts ein flüchtig entworfenes Drama im Kaffeehaus liegen lassen, auf so einem Kaffeehaussofa, auf das der Gewohnheitsschöngeist sich in der Regel so nachlässig-edel hinwirft, um Kaffee zu schlürfen und in die Luft zu starren. Ein anderer hat das Stück gefunden, genommen, eingesteckt, nach Hause getragen, abgeschrieben, vollendet, bühnenfähig gemacht und zur Aufführung auf den weltbedeutenden Brettern gebracht und Erfolg gehabt.

Es war auch nach einer Novelle von Maupassant. Ja, ja. Bei Maupassant, diesem normännischen Bauernlümmel, liegt das «Leben» eben nur so aufgespeichert, das wird jeder empfunden haben, der ihn einmal gelesen hat.

Kutsch studiert die Stoffe, nicht das Leben; das Leben, das er zu erleben bekommt, ist bis jetzt noch nicht weit her. Er ist Zeitungsreferent und Bücherbesprecher, das hat er erlebt und das ist nach seiner eigenen Meinung kein apartes Erlebnis.

Schade, daß er nicht, sagen wir beispielsweise, zur Zeit Ludwigs des Vierzehnten von Frankreich zur Welt gekommen ist; er hätte dann dem einen oder dem andern jener geistvollen Schlingel, die damals in die Höhe schossen, schon gezeigt, was er gekonnt hätte.

Die Sache ist die: Kutsch kann alles und will alles, aber er tut effektiv nichts. Er bespricht jetzt Romane, weil er selber durch und durch Epiker ist, er kritisiert Dramen, weil er selber durch und durch vom Teufel dieses Faches besessen ist, er schreibt über Gedichte, weil er selber welche hätte machen müssen, wenn er gewollt hätte.

Er wird böse sein, wenn er dies liest. Ich werde ihm sagen: Da, nimm! Und werde ihm das wenn auch kleine, so doch für ihn nicht belanglose Honorar in die Hand drücken, das ich für diese Studie bekomme.

Spötter haben manchmal die Extravaganz, menschenfreundlich zu sein.

Ach Gott, Kutsch ist so arm, so weltverlassen. Man bedenke, er strebt nach nur Hohem und Erstklassigem. Er ist nicht ein Mensch wie andere Menschen, gerade so, wie die meisten Menschen nicht Menschen sind wie andere Menschen.

Ich aber gehöre entschieden unter die Hunderttausend. Ich bin zum Verwechseln einem Hausdiener ähnlich, und ich bin so froh, so gewöhnlich zu sein.

Man höre diesen Unterton rachsüchtigen Neides!

Weshalb sollte ich Kutsch beneiden? Im Gegenteil, ich bedaure ihn. Ich schreibe ja über ihn, ich muß ihn also unter mir fühlen, denn sonst schriebe ich ja nicht «über» ihn.

Diese Gemeinheit – hinzugehen und über lebende Menschen zu schreiben, als ob sie tot wären. Und dann ist dieser Kutsch ja nicht einmal interessant, höre ich den Leser.

FABELHAFT

Das Wetter war fabelhaft. Bei dem Wetter mochten Kitsch und Kutsch nicht zu Hause bleiben, und so machten sie sich zum Ausgehen fertig und eilten auf die Straße hinunter. Fabelhaft, dieses Licht in der Straße, murmelte Kutsch, während sie beide rüstig vorwärtsmarschierten, und Kitsch sagte auch: fabelhaft. Bald kam ihnen ein dickes Weib entgegen, dieses Weib wurde von beiden Spaziergängern augenblicklich als fabelhaft empfunden. Sie stiegen in die Elektrische, das sei doch fabelhaft, meinte wieder Kutsch, indem er sich den jugendlichen Bart kratzte, so zu fahren, und Kitsch beeilte sich, seinem Kameraden lebhaft zuzustimmen. Ein Mädchen mit «fabelhaften Augen» saß im Wagen. Plötzlich fing's an leise zu regnen: fabelhaft!

Nach einer Weile stiegen unsere Kitsch und Kutsch aus und traten in einen Kunstsalon. Der Kunsthändler schaute zu seiner Kunsthandlung heraus, das wäre für die beiden um ein Haar fabelhaft gewesen, nämlich so: fabelhaft, wie der Kerl zu seinem Geschäft heraussieht, aber sie vermieden es, diesen Gedanken laut zu äußern, weil sie fühlten, daß man denn doch nicht immer wieder dasselbe sagen darf. Eine halbe Minute später standen sie vor einem Renoir: einfach fabelhaft! fuhr es ihnen zu den Munden heraus. Kutsch fing wieder an, sich mit den Fingern am Bart zu rasieren, aber schon hatte sein Kollege etwas entdeckt, das noch um zehn Fabeln fabelhafter war, als der Renoir, es war dies ein alter Holländer. So etwas, sagten sie, sei mehr wie fabelhaft, und sie hätten beide schreien mögen.

Dann gingen sie. Inzwischen war draußen eine feine Kruste Schnee gefallen, das sah fabelhaft aus, der Schnee war ganz schwarz, bläulich schwarz, einfach, na, sie hielten an sich, schließlich möchte man nicht immer dasselbe sagen. Ein Maler begegnete ihnen. Nicht lange dauerte es und so sagte der Maler, er kenne nichts Fabelhafteres als

Paris. Kitsch und Kutsch fanden das ekelhaft, zu sagen, Paris sei fabelhaft, sie behandelten rasch den ahnungslosen Maler samt seinem fi-fä-fö-fü fabelhaften Paris mit Verachtung. Sobald sie wieder allein waren, kam's ihnen schon wieder, aber sie fanden's am Platz, diesmal war es ein Teich. Sie standen auf einer Brücke, und da unten lag der Teich in seiner ganzen Fabelhaftigkeit. Mit einem Male sprachen sie von Gedichten von Verlaine, Kutsch schlug die Hände zusammen und schrie: fabelhaft. Da lächelte Kitsch. Er hatte es jetzt heraus, er sagte sich: wie gemein, derart zu fabelhaften bei jeder geringfügigen Gelegenheit. Nach einer Minute stürzte er zu Boden, umgeschlagen vom fabelhaften Aussehen eines blauen Weiberrockes. Das Blau ist enorm, sagte Kitsch, indem er sich mühsam emporrichtete. Er hatte den Fuß verstaucht. Von diesem Moment an sagten sie immer enorm, nicht mehr fabelhaft.

DILETTANTEN

Während der wahre Künstler es liebt, seine Stoffe von der einfachsten und rohesten Seite aus anzupacken, arbeitet der Dilettant meist unter aufreizender Zuhilfenahme von Tönen. Ein betrunkener Dilettant kann ausnahmsweise ein Kunstwerk schaffen. Die inhaltloseste Musik wird am raschesten verstanden, denn sie macht Stimmung, und Stimmung macht den Dilettanten; daher sind Konzerthörer meist Dilettanten. Nirgends gibt es eine solche stockwerkhohe Ansammlung von dilettantischem Können wie unter den mitwirkenden Kräften der Oper. Hier, unter den lieblichen Strahlen der Musik, sind echte künstlerische Naturen am seltensten. Man muß Selbstbiographien von berühmten Sängern und Schauspielern lesen, um sich ein Bild von der Schuldlosigkeit zu machen, mit welcher diese Art Leute ihren Beruf auffassen. Gerade die alleranerkanntesten Genies sind oft den verkannten Genies am ähnlichsten. Beide unterscheiden sich nur durch das Glück; aber weder der Erfolg noch auch der hartnäckigste Mißerfolg macht den Künstler.

Seltsam ist es mit der sogenannten Naturtalent-Anlage. Manchmal ist gerade die holdselige Natur-Eigentümlichkeit zum ewigen Dilettantismus bestimmt, während die scheinbare Unoriginalität es durch den festen Fleiß und die Leidenschaft des Geistes zu hohem Künstlerstand zu bringen vermag. Aber es gibt auch verschiedenerlei Dilettantismen. Der Dilettant schlechtweg ist eine gute und sympathische Menschenerscheinung. Wie aber, wenn der Halbkünstler sich das Ansehen und Aussehen eines ganzen zu geben versteht, wenn die Skrupellosigkeit mit dem Schein von zehn, ja hundert peinlichen Skrupeln, Fragen und Gedanken aufzutreten weiß, wenn die absolute Nichtigkeit sich unendlich wichtig gebärdet? In Gegenden, wo diese Art Leute auftreten, ist die gute, gesunde Luft dick, dumpf und giftig, das Leben verpfuscht, die Natur um und um verdorben. Meist haben gerade diese «Meister» in der Welt angenehmen Erfolg, sie erhalten Aufträge in Masse, und nicht selten macht man sie zu Professoren, oder man hängt ihnen eine glitzernde, höfische Auszeichnung an den Rockaufschlag, womit die also Dekorierten sich für alle Zeiten gegen alle mißbilligenden Angriffe geschützt glauben.

Die gefährlichsten und unerfreulichsten Dilettanten sind

indessen ganz wo anders zu suchen. Es sind dies Revolutionäre, solche, die in der Kunst Revolutionen zu inszenieren vorgeben, Dilettanten der äußersten Linken, Glücksspieler, die mit kühnen Handgriffen die Spitze des zeitgenössischen Geschmackes aus dem Himmel der Kunst herabreißen, um zu zerfetzen, was sie mit den Fingern erwischt haben. Angeblich kühne und schwungvolle Naturen, mengen sie sich in alles, was von der Öffentlichkeit und Obrigkeit gehaßt und verfolgt wird, indem sie sich in aller Biergemütlichkeit das Aussehen von armen Verfolgten, Bedrückten und Gegeißelten geben, um stolz darüber zu sein. Die Kunst liegt ihnen so wenig am Herzen wie das Land Spanien. Sie lügen, und gerade die Lüge ist die einzige, wirklich verabscheuenswerte Dilettanterie. Ein solcher kühner Dilettant malt oder beschreibt mit schlauer Vorliebe das Verpönte, das grob Sinnliche, das Nackte und meint, da er einen gefährlichen Standort wählt, auch ein gefahrdrohender Neuerer zu sein. Schon daß er überhaupt neuern will, das verurteilt ihn zur Unkunst. In der Kunst gibt es nie etwas zu erneuern, nur neu zu erfassen, nie etwas zu reinigen, nur selber reinlich zu sein, nie neue Werte zu schaffen, nur selber zu versuchen, wertvoll zu sein. Dilettanten aber sind gerade mit größter Vorliebe Neuerer, Reiniger und Welt-Umstürzer, während es doch in der breiten und weiten Welt durch sie nie etwas wird zu verbessern geben. Nur die Leidenschaft, der Sturm der Empfindung, das persönliche, harte Geschick des aufrichtigen Mannes kann am Ende einer merkwürdigen Laufbahn der Welt etwas noch nie Dagewesenes aufzwingen, das aber macht sich immer ganz von selber. Treu, still und unstürmisch nach außen hin ist der echte Künstler.

Aber was macht unsere kleine, liebe «echte» Dilettantin? Süßes Geschöpf, da stellst du dich, um die unendliche Natur abzumalen, im Park, unter einem knospenden Baume auf, sitzend auf dem aufklappbaren, zierlichen Malstuhl. Dir unsere Sympathien! Du träumst von deinem Geliebten, während du so schalkhaft-ernsthaft «künstlerisch tätig» bist. Du weißt nichts von der Schwere der unternommenen Aufgabe und willst auch nichts davon wissen. Du verfertigst da ein liebes, abgerundetes Bildchen, es dem Wesen, das du liebst, zum Geburtstag oder zum Namenstag zu schenken, zur Erinnerung. Dein Gesicht ist so schön, wenn es zum Himmel hinaufschaut. Dein reiches, hellgoldenes Haar schmiegt sich entzückend an deine offene Stirne. Du lächelst? Und schon ein wenig schmerzlich? Ei, sieh da: Gram? Die Natur, in der du sitzest, wölbt und krümmt sich und dehnt sich und senkt sich auf und nieder unter Ahnungen und Gefühlen des keimenden Frühlings. Male, dichte, träume und musiziere! Du malst nur, weil du dich danach sehnst, es nie mehr wieder tun zu müssen. Horch! Wessen Schritte rascheln da hinter dir im Laub? Du zitterst? Ist «er» es?

ÜBER DEN CHARAKTER DES KÜNSTLERS

Daß er nie zur Sicherung oder Versicherung seiner selbst gelangt, scheint sein Los. Es ist dies weder ein sehr trübes, noch ein sehr leichtes Los. Es brennt, es ist das Los der immerwährenden Spannung. Da soll er fassen und fürchtet sich davor; da unterliegt er und ist beinahe froh darüber; da erschlafft und ermüdet er und greift zugleich einen ganz neuen, nie vorher geahnten Besitz an. Ein seltsamer, fast gespenstischer Geist beherrscht ihn. Verloren in den Abgründen der Mutlosigkeit gewinnt er oft das Beste: sich selbst; und vertieft in große Gedanken verliert er sich wie Spreu in den Wind geworfen. Vertraulich sein kann er nicht, Mensch sein darf er nicht. Er kann und darf beides, aber... es ist immer eine Frage da, ein Gedanke, ein Geist, ein Fortlaufendes, und es bricht immer in ihm, es tönt, und er bildet sich ein, immer bildet er sich ein, treulos zu sein an einem schönen, unbezwinglichen, gräßlichen Etwas, das da ist und nie da ist, das nie da ist, weil es selbst ist, weil er das selbst ist, was da ist und immer fortgeht.

So lebt er in fortlaufenden überzarten Sorgen, die ihm die gesunden Sinne zu verrücken drohen. Er haßt daher «Aussprachen». Mit sich selbst stets im Unklaren, dünkt es ihn fürchterlich, auch nur von ferne irgendwelches Vertrauen zu sich zu haben und strotzt doch zugleich von Vertrauen zu sich selber; aber er traut sich nur dann, wenn er mitten im Fieber des Schaffens begriffen ist. Ist er müßig (von Zeit zu Zeit muß er es doch wohl sein) so zittert es in seinem Schlund-Bewußtsein wie von Vulkan-Feuern, die beides nicht recht können: nicht ausbrechen und auch nicht verlöschen. Sein Freuen und sein Leiden sind gleich unbegreiflich und müssen daher immer, bestenfalles, mißverstanden werden. Und wie will er immer das Gute, Leidenschaftliche und Ganze. Es dämmern ihm, strahlenartig, gleich eine ganze Menge von Ideen auf; der stolze Grundgedanke klopft an, wie wenn die Seele eine verschlossene alte Türe wäre und der Gedanke eine Hand: topp, topp, mach auf. Nun, das ist natürlich dann eine sehr wilde Bestürzung.

Der Künstler ist nie allein; sein Tagwerk hört nie auf, und weil er das lebhaft fühlt, kommt er sich im allgemeinen, was er auch tun mag, berechtigt, ja sogar, möchte man sagen, geadelt vor, geadelt durch unaufhörliche innere Munterkeiten, und er tritt ruhig, vielleicht manchmal sogar ein wenig schlapp auf, im Gefühl, daß «es» nie aufhört, als sage er sich: «Die Guten! Sie sollen sich nur drehen und wenden. Was wissen sie von dem Sturm, von der Glut und Wut des stetigen Aufgewecktbleibens?» So wandelt er unter seinen Mitbürgern bald als Frivoler, bald als Brummbär, bald als ein moralisches Ungeheuer, und es ist doch immer nur die Sitte und Art, die er selber entdeckt hat, der er gehorchen muß. Dann wieder schmiegt er sich dem Herkömmlichen leichthin an und lächelt wehmütig, wenn er sie sagen hört: «Er kann so nett sein, wenn er nur will.» Ja, sein Lebenswandel ist wie ein Traum, und seine Erscheinung ist wie ein Rätsel. Immer dicht vor dem Sturze stehend sind ihm die äußeren Erfolge wie Liebkosungen, die man satt hat und die Mißerfolge wie Streiche, die nicht treffen. Da er das Edle und Schöne nur im Ganzen erblickt, so lebt er auch gleich in das Ganze hinein. Wollte er Vorsichtsmaßregeln anwenden, so würde er in jedem Sinne verunglücken, starr werden für immer; daher sieht man ihn scherzen mit seiner Existenz und spielen mit seinen Gefühlen. O! natürlich er wird sich ja jederzeit ein bißchen zu «beherrschen wissen». Aber wachsen muß er, nie so geradezu «gut» muß er es haben, sonst stirbt er in jene für ihn vernichtende, erstickende Reihenfolge von Sattheiten hinein. Durst und Hunger, mit einem Wort: Appetit muß er haben. Er muß den großen Appetit spüren, Appetit auf das Kühne und Reizende. Wie? Wenn ihn der Reiz nicht mehr reizt? Was dann? Wer, wer hilft ihm, zu erglühen? den Übergang finden ins Unermessene? Das Kleinste mit dem Größesten zu verbinden?

So sehen wir ihn fort und fort einzig nur auf sich selbst angewiesen und verstehen daher zuweilen seine Fröhlichkeit, aber auch seinen Gram nicht; und wir brauchen ihn ja auch nicht zu verstehen. Ist er echt, dann ist er ein Phänomen.

ZU DER ARLESIERIN VON VAN GOGH

Man kommt zu allerlei Gedanken angesichts dieses Bildes, und vielerlei Fragen drängen sich dem, der sich in seinen Anblick verliert, unwillkürlich auf, Fragen von so einfacher und doch zugleich so seltsamer, befremdender Art, daß es scheint, als könne keine Beantwortung stattfinden. Viele Fragen finden darin, daß sie nie beantwortet werden, ihre schönste Bedeutung, ihre feinste und zarteste Beantwortung. Wenn zum Beispiel ein Liebhaber seine Dame fragt: «Darf ich hoffen?», und sie ihm darauf keine Antwort gibt, so bedeutet diese Nichtbeantwortung unter Umständen ein himmlisches Ja! So ist es bei allem Rätselhaften, bei allem Großen, und hier ist ein Bild voller Rätsel, voller Größe, voller tiefer, schöner Fragen und voller ebenso tiefer, hoheitsvoller, schöner Antworten. Es ist ein wunderbares Bild, und man muß staunen darüber, daß es ein Mensch des neunzehnten Jahrhunderts hat malen können; da es doch gemalt ist, als habe es ein frühchristlicher Mensch und Meister hergestellt. So großartig wie schlicht; so ergreifend wie still; so bescheiden wie hinreißend schön ist das Bild der Frau aus Arles, der man, ohne viele Umstände, mit der Bitte und mit der Frage nahen möchte: «Sage mir, hast du viel gelitten?» Bald ist es das Porträt einer Frau schlechtweg; bald aber ist es wieder das Bild von dem grausamen Rätsel des Lebens in der Gestalt der Frau, die dem Maler zum Modell, zum Vorbild gedient hat.

Es ist alles in dem Gemälde mit derselben katholisch-feierlichen, unerbittlich-gläubigen, ernsten und strengen Liebe gemalt, der Ärmel wie der Kopfputz, der Stuhl wie die rotumränderten Augen, die Hand wie das Gesicht; und ganz löwenhaft mutet der geheimnisvolle, kraftvolle Pinselzug und -schwung an, so daß man sich des Eindruckes von etwas Titanischem nicht zu erwehren vermag. Und doch, immer wieder ist es weiter nichts als das Bild einer Frau aus dem täglichen Leben, und gerade dieser so geheime Umstand ist ja das Große, das Ergreifende, das Erschütternde. Der Hintergrund des Bildes ist wie des harten Schicksals Unentrinnbarkeit selber. Hier ist ein Mensch abgebildet so recht wie er leibt und lebt, und wie er alles Empfundene sich längst hat gewöhnen müssen, still für sich zu behalten; indem er vielleicht zur Hälfte schon vergessen hat, was er alles, alles hat dulden, auf die Seite legen und überwinden müssen. Man möchte die mageren Wangen dieser – Dulderin streicheln. Es ist einem ums Herz, als dürfe man nicht bedeckten Kopfes vor dem Bilde stehen, sondern müsse den Hut herunternehmen wie beim Eintritt in ein heiligkirchliches Gewölbe. Und ist es nicht sonderbar, und doch wieder gar nicht sonderbar, wie hier der Maler-Dulder, (denn das war er!) auf die Darstellung der Dulderin gerät? Sie muß ihm augenblicklich ganz grenzenlos gefallen haben, und da hat er sie gemalt. Diese von der Welt und vom Geschick grausam Behandelte und nun selbst vielleicht grausam Gewordene ist ihm ein jähes, großes Erlebnis, ein Seelenabenteuer gewesen. Er soll sie ja auch, wie ich gehört habe, mehrmals gemalt haben.

EIN ABC IN BILDERN VON MAX LIEBERMANN

Das ist ein Buch ohne Worte, es erzählt in Bildern, in flüchtigen Zeichnungen voll eigentümlicher Kunst und Anmut, es enthält eine gute, verständliche Sprache, eine Sage voll uralter Spannung, es atmet Leben, und wenn Du so Seite für Seite umschlägst, tritt Dir die Klage und die Wonne der Natur hinreißend entgegen. Das breite, gemächliche Landleben haucht Dich mit seinen Winden an. Wind und Wolken wehen und schweben in diesen kühnen, einfachen Reihen. Blühende Sträucher, Landstraßen; und dann zwingt wieder die meisterliche Feder die Sonne zum natürlichen, gedankenerregenden Untergang. Oder wir blicken in eine Bauernstube hinein, wo nichts als eine alte Frau, die sinnend am Fenster sitzt. Hier hat die zeichnende Hand die Weltabgeschiedenheit beschrieben, als wäre das Treffende und Überzeugende von einem geübten Novellisten knapp gesagt worden. Aber die schöne Zeichnung wehrt sich, mit irgend etwas ähnlichem verglichen zu werden. Eine langsame, schwermütige Schafherde in einem Weg. Sonne zittert darüber hin. Und dann kommt wieder das Traurige, ein Sarg wird irgendwohin getragen, man meint, von hinten her die Wogen des Meeres brüllen zu hören, alles ist düster und peinlich. Schlagen wir aber um, so lächelt uns wieder die Kindheit, das Unsterbliche an, und es ist alles wieder voll Sonne. Entzücken und Entsetzen weiß uns die künstlerische Feder abzugewinnen. Man gewinnt dieses Buch lieb, weil man das Gefühl hat, es immer wieder zur Hand nehmen und betrachten zu müssen. Das Wahre darin ist das Bezwingende, das Unausgeklügelte, das Gewinnende, das Natürliche, das Bezaubernde. Jedes einzelne Bild schmiegt sich an einen Buchstaben, an B ein Stück Meer, an F kindliches Lachen, an U Weinen, an Z Lebenslust, an K Mühseligkeit. Vielleicht verhält es sich etwas anders. Man suche sich dann eben das Buch zu verschaffen, und man wird sehen, inwiefern ich mich etwa geirrt habe.

ÜBER DAS RUSSISCHE BALLET

Sie sind reizend, die russischen Tänzerinnen von der Petersburger Hofoper. Sie tanzen sehr gut, und sie haben jetzt in Berlin sehr viel Beifall und einen großen, aufrichtig empfundenen Erfolg errungen. Vielleicht läßt das tief blicken, vielleicht auch nicht, genug, wir sind sehr zufrieden, sehr erfreut, großenteils sogar entzückt gewesen. Wir sind von einzelnen Tänzen sogar geblendet worden. Es gibt da unter diesen Russinnen eine große Künstlerin, Anna Pawlowa, eine sehr bewußte, sehr intelligente, bis zu gewissen Grenzen ohne Zweifel geistvolle Künstlerin. Hiesige Blätter haben sie die Königin des Tanzes genannt, und sie ist es offenbar. Sie ist wundervoll. Ah, dieses kunstgenießende und -verstehende Berlin, wie sonderbar es doch in manchen Dingen ist! Und dann der Erfolg, wie komisch er oft ist! Doch lassen wir das. Reden wir von süßen, von tänzerischen Dingen, nicht von so dummen, ich möchte beinahe sagen kuhdummen und plumpen Dingen, wie vom Erfolg und seiner Fabrik. Seien wir lustig, reich, leicht, gefühlsinnig, höflich, brav und artig.

Eine ganz kleine Emporkömmlingsunverschämtheit liegt wohl darin, daß einer wie ich, der den Tanz nie studiert hat, nun da so über den, von dem und um den Tanz herum kribbeln und krabbeln will. Und doch, ich fühle zu lebhaft mit, als daß ich sagen könnte: «Nein, ich schreibe nicht». Und was schadet es denn, die Brust voll angenehmer Empfindungen, sich ein wenig zu blamieren? Ja, angenehme Empfindungen, reizende Gesichter, hübsche, schöne Bewegungen, süße Erinnerungen, Ursache zu Dank und Huldigung hat uns das russische Ballet als Geschenk hinterlassen. Es ist da ein ganz dummes Stück: «Harlekins Millionen». Die Pawlowa sitzt wie eine jugendliche Fürstin auf einem gebrechlichen, unwahrscheinlichen, kleinen Balkon und schaut mit wunderbarer Gebärde auf den Haufen Leute hinunter, die offenbar Italiener sind, die offenbar Nächtliches, Abenteuerliches, Liedersingendes, Troubadourartiges da unten treiben. Und das ist vielleicht das Zierlichste, Blendendste und Schönste von allem gewesen: dieser Balkonzauber.

Der Sinn des Stückes ist ohne Zweifel der Sieg der zärtlichen Liebe über den Geldgeiz und über das Alter, das jung und dumm tun will. Oder so etwas. Item, wir sehen dann die Balkonpracht herunterrutschen, und nun beginnt sie Süße und Größe zu tanzen. «Ja, das ist noch ein Tanz», so sprach mich jemand, der sehr begeistert gewesen ist, in der Pause an, «ach ja«, sagte ich, und es gefiel mir, Trockenheit zu heucheln. «Kolossal», sagte ein zweiter. Ich mußte lachen. O dieses Berlin, wenn es in Begeisterung gerät. Ich bin natürlich der tiefgefühlten Überzeugung, daß es sehr nett, sehr hübsch ist, sich zu begeistern. Das Neue begeistert. Und die Russen und Russinnen muteten uns wie etwas ganz Neues, Niegesehenes an. Ihren traditionellen Tanz haben wir als etwas Kühnes, Einziges und Neues empfunden. Uns blendete eine Kunst, die die Reifen und Gescheiten unter uns begraben glaubten.

Ist dieser Tanz Zukunft? Es müßten für einen Tanz, der über einen stürmischen Erfolg hinüber leben soll, Stücke geschrieben werden, die der Zeit und dem Zeitgeist entsprechen. Im übrigen braucht man ja die Tanzkunst nicht zu verstehen. Man braucht nicht zu wissen, was eine holdselige Hand- und Armbewegung bedeutet. Nur zu fühlen, zu sehen braucht man es, und daher ist der Gedanke an eine Zukunft des uns überlieferten Tanzes ziemlich philiströs. Doch es ist oft nicht so unklug, ein bißchen zu philistern.

Ganz wundervoll und direkt beglückend sind die Einzeltänze dieser Leute aus dem Zarenreich, die Volks- und Nationaltänze. Schon allein die Kostüme. Und dann diese schöne, durch Zucht und Takt geadelte Wildheit. Das ist hinreißend, und hier muß die Edouardowa genannt werden. Sie vertritt das Sinnlich-Schöne, die Pawlowa das Geistig-Bezaubernde.

Es hat sich deutlich gezeigt, daß dieses unerhört, dieses gewaltig-moderne Berlin kein Ballet-Publikum mehr besitzt. Der Anblick eines Ballets muß eigentlich ganz kühl, jedenfalls sehr, sehr weltdamen- und weltmannenhaft genossen werden: flüchtig, nobel, kalt, elegant und gemessen, so in der Mitternacht, zwischen geistreichem

Geplauder und der befeuernden Weinflasche. Es ist ja kein Ibsensches Stück, keine Oper von Wagner, die da gegeben wird. Da wir hier in Berlin «so etwas» lange, lange nicht mehr erlebt haben; also nicht mehr gewöhnt sind, es als reine feine Vergnügung zu empfinden, haben wir's als etwas Beklemmung Erregendes und daher, wie ich glaube sagen zu dürfen, als etwas beinahe zu, zu Bedeutungsvolles empfunden. Nun, man soll nicht philistern. Aber tiefsinnig war es, zu bemerken, wie wir in Glut kamen angesichts der Anmutentfaltung. Lechzen wir so nach Anmut? Es scheint.

Das Schöne hat uns wieder einmal überrumpelt. So recht überrumpelt. Und die Verächter gingen hin, um die Gegenstände jahrzehntelangen Überdrusses beseligt, berauscht anzubeten. Es ist dies ein Zeichen der Zeit, in der wir leben: höchstes Schwanken jedenfalls in dem, was man den guten Ton, das Verständnis für Kunst, was man Geschmack nennt. Uns wirbelt es, und wir werden gewirbelt! Daß wir noch fähig sind, Freude und inniges Entzücken zu empfinden, es so plötzlich zu empfinden, das kann uns mit einiger Genugtuung erfüllen. Wir lärmen nur so! Aber vielleicht ist das notwendig. Und auch das muß man aussprechen: zu danken hat man den Leuten, die auf die Idee gekommen sind, diese tanzbegabten Russen einzuladen, ihr Glück nochmals in der Reichshauptstadt zu probieren. Denn voriges Jahr haben wir ja die edle Pawlowa, sowie die ganze übrige Künstlerschar, so gut wie abgelehnt, jedenfalls mit dem Frost halbpatziger Anerkennung überworfen.

Zu versuchen, alles dies ein wenig zu betonen, erschien mir geziemend. Sagen, wie schön sie tanzt, die große Künstlerin Anna Pawlowa, das kann ich nicht. Sie begeistert den Dichter zu Gedichten, den Maler zu malerischen Entwürfen, den Musiker zu neuen musikalischen Einbildungen. Sie ist so zart wie kühn, so groß wie bescheiden, so schön wie bedeutend. Ah, ihr Lächeln, ihre herrlich-ausgreifenden Schritte. Und das Wunder ihrer Arme und Beine. Schauen wir auf den Balkon. Da sitzt sie und wirft Gesten, die einer Märchenkönigin ziemen, in die Augen und Herzen hinunter, die sie liebend bewundern. Gleicht sie nicht einer verführerischen Zauberin, die uns vorgaukelt, das Süße und Edle könne nie ganz aussterben in der Welt?

WAS AUS MIR WURDE

Ich bin von Geburt ein Kind meines Landes, von Fach bin ich arm, von Stand bin ich Mensch, von Charakter bin ich ein junger Mann, und von Beruf bin ich der Verfasser des vorliegenden Lebensberichtes. Erzogen worden bin ich dadurch, daß mein lieber Papa mich von Zeit zu Zeit nach Ridau hinausschickte. Ridau ist ein niedliches altes Städtchen mit nur einer, aber dafür breiten Gasse und gotischem hochemporragendem Schloß.

In Ridau ist wohnhaft Herr Baumgartner. Zu diesem Herrn Baumgartner nach Ridau hinaus lief ich, um die schönen Grüße und besten Empfehlungen Papas behend auszurichten. So weit meine Erziehung.

Meine Schulung und Bildung besteht in der Absolvierung eines Progymnasiums. Es ist dies eine klassische Stätte, denn sie ist von Napoleon, dem Großen und Ersten, oder wenigstens unter seinem Einfluß ins Leben gerufen worden. Alsdann, und so schleuderte mich das barsche Leben in die Bahnen eines exekutierenden Feuilletonisten. O hätte ich nie ein Feuilleton geschrieben.

Aber das Schicksal, das stets unbegreiflich ist, hat es so gewollt, es hat aus mir, wie es scheint, einen hüpfenden und parfümierten Vielschreiber und Vielwisser gemacht, und alle meine so kostbaren, an die Heimatbande klingenden Wesenskerne mußten, was ich mit weinenden Augen und tief in der ausgehöhlten Seele beklage, verloren gehen. Grausames Geschick, dem ich gehorche!

Doch, es kann ja noch alles besser werden, und die naive Ländlichkeit kehrt vielleicht, wer weiß, eines Tages wieder bis zu mir zurück, und ich werde dann wieder in der Einsamkeit die Hände ringen können. Einstweilen aber scheine ich begraben im Sündenpfuhl eines lächelnden und tänzelnden Berichterstattertums, und es ist nur noch sehr geringe oder gar keine Hoffnung mehr vorhanden, daß ich jemals in meinem Leben wieder einen Jodler auszustoßen imstande sein werde, wie z.B. der weltgewandte und literarisch so rührige Ernst Zahn ihn so prächtig und urwüchsig wiederzugeben versteht. Ernst Zahn und andere, ebenso gewitzigte, sind Meister in der Betonung ihrer Liebe zur Heimat.

Ich habe so etwas nie zu fabrizieren verstanden. Die Welt ist weit, und der Mensch ist ein Rätsel, und Napoleon war ein großer Mann, und Ridau ist ein reizendes Städtchen, und der Kern eines Menschen geht nirgends völlig verloren. Was ist doch das für eine Borniertheit, dieses Alte-Tanten-Getratsche aus dem Süden. Berlin ist eine so schöne Stadt, und seine Einwohner sind so schaffige, rechtschaffene und artige Menschen.

SKIZZE (I)

Er kam an, so wie aus weiter nebelhafter Ferne. Schon das empfahl ihn. Er sah aus, wie sonst kein anderer aussah. Sie dachte: «So sieht einer aus, dem noch Gefahren bevorstehen.» Arm war er, er trug abgerissene Kleider, doch er benahm sich stolz. Seine Haltung drückte große Ruhe und große innere Freudigkeit aus. Sie dachte: «Wie herrlich muß sein Kuß schmecken.» Ferner machte er den Eindruck, als müsse er schon viel Gefallen erweckt und schon viel Interesse hervorgerufen haben, und als sei er überall dort, wo er diese beiden Dinge herausgefordert hatte, ohne einen einzigen flüchtigen Blick zur Seite zu werfen, weitergegangen.

Sie dachte: «Es ist Kühnes und Großherziges an ihm. Werde ich ihn lieben? Wert ist er jedenfalls, geliebt zu werden.»

Ferner sah er so aus, als wisse er und als wisse er es wiederum nicht im geringsten, wie anziehend er sei. Sein Benehmen hatte etwas Verlorenes, etwas Zweideutiges. Sie sagte sich: «Dieser junge Mann versteht sicherlich diskret zu sein. Ich glaube, es muß süß sein, ihm zu vertrauen. Noch schöner und noch süßer muß es sein, ihm um den Hals zu fallen und ihn zu umarmen.» Bei aller Sicherheit und Festigkeit seines Auftretens haftete ihm nichtsdestoweniger der Schimmer der Verstoßenheit und der Schutzlosigkeit an. Da dachte sie: «Er bedarf des Schutzes. Wie glücklich würde es mich machen, ihn in Schutz nehmen zu dürfen.» Jung war er und dennoch, so schien es, schon erprobt; eisernfest stand er da, das Bild der Standhaftigkeit und der Beharrlichkeit, und dennoch sah er aus, als sehne er sich nach überfließenden Weichheiten und Zutraulichkeiten.

Da berührte sie ihn, wie unabsichtlich und zufällig, am Arm. Sie errötete und dachte: «Er merkt, was ich will.» Auch er errötete. Da dachte sie sich: «Der Vortreffliche! Er achtet meiner. Er ist ein Ritter.» Er benahm sich nun in ihren Augen immer schöner, und immer mehr Stärke, Stolz und Zartheit kam aus seinem Wesen. Sie dachte: «Ich liebe. Ich darf zwar nicht lieben, denn ich bin verheiratet. Aber ich liebe.» Sie gab ihm das mit den Augen zu verstehen, und er besaß Aufmerksamkeit, Artigkeit und Intelligenz genug, um zu begreifen, was sie meinte, was sie fühlte und was sie wünschte. Und nun begann der Roman. Wenn ich jetzt kein Autor, sondern eine Autorin wäre, würde ich hieran anschließend schleunigst zwei Bände schreiben.

LIEBESSZENE

Simon, ein Liebhaber: Ich kam vor diesem Hause an und steh' nun still und schaue hinauf und erblicke ein helles Gewand. Nacht ist's, aber das hindert mich nicht, zu glauben, daß du schön seist, die du oben auf dem Balkon stehst. Rede doch ein wenig, damit ich mindestens etwas zu hören bekomme, wo die Augen vergeblich schmachten.

Klara, eine Dame: Pst, sei still, führ' dich doch nicht so vorlaut auf. Im übrigen gefällt mir, wie du dich für mich interessierst. Wenn du vernehmen willst, wer ich bin, so wisse, ich bin gefangen. Der, der mich überwacht, steht sicher nicht weit von hier.

Simon: Was ist's für ein Übermensch, daß er dich derart fesselt?

Klara: Du bist der netteste Mensch, der sich je um eine arme Frau kümmerte.

Simon: Und du ohne Zweifel das schönste Wesen, das je existierte, und dein Kerkermeister sicher ein ausgemachter Unhold.

Klara: Sprich nicht so unvorsichtig; es ist ja der Teufel, den du schmähst.

Simon: Das ist nun freilich eine bedeutende Persönlichkeit.

Agapaia, ein Teufel: Meine Frau ist mir nicht treu. – Sicher ist's ein geriebener Wicht, der mit ihr spricht.

Simon: Er soll nur fleißig philosophieren. Indessen wird's mir wohl gelingen, mich auf den Balkon zu schwingen. Mir scheint das kein großes Wagnis.

Klara: Mein Kind, du bist nicht gescheit.

Simon: Doch, doch, ich kann's dich versichern. Ich weiß, daß Mehl weiß, Zinnober rot und Tinte schwarz ist.

Klara: Ei, ich hätte dich nicht so witzig gedacht, so rasch bei der Antwort.

Simon: Dieses entzückende Abenteuer macht mich schier ein bißchen verrückt. Den Teufel ignoriere ich völlig.

Agapaia: Er ist außer sich vor Lebenslust, und ich bin außer mir vor Eifersucht und Ärger.

Klara: Weshalb ist er so unliebenswürdig, spielt den Herrn der Welt –.

Agapaia: Wär' ich nur wieder zwanzig Jahre alt.

BRENTANO

Eine Phantasie

So wie ich den Mund aufmache, liebe Leser, und anfange zu erzählen, müßt ihr denken, es sei ein schöner warmer dufterfüllter Sommerabend. In einem kleinen schnellen Nachen fährt ein junger, etwa zwanzigjähriger, hübscher Mann die rauschende Isar hinunter. Es ist Brentano. Er weiß eigentlich nicht, wie er zu dem Nachen und zu der Flußfahrt gekommen ist. Es ist ihm kaum noch deutlich in Erinnerung, daß er ihn weit oben irgendwo losgebunden, daß ein Bauer oder Schiffer ihm wütend nachgeschrien und daß dann die Sache so ihren Lauf genommen hat. Jetzt eben landet er in der Nähe der großen bekannten Stadt, in einer kleinen Bucht, welche die Natur, wie man zu sagen pflegt, hier gebildet hat, und steigt aus, etwas ermüdet, wie es scheint, von der Anstrengung des Ruderns und Steuerns. Er steigt, wie gesagt, aus und überläßt den Nachen dem Schicksal, oder der Ruhe, oder der erstbesten Menschenhand, die danach ruhig wird greifen dürfen. Sehen wir uns den hochberühmten Romantiker doch etwas näher an. Er ist in die Mode seiner Zeit gekleidet. Er trägt gelbe Schuhe, weiße Beinkleider, blaue Weste, dunkelblauen Rock, helle Halsbinde und einen Strohhut, um den, nach Art der Schäfer, farbige Bänder flattern. Sein Gesicht ist ein überaus intelligentes Menschenantlitz, etwas blaß, ja, wenn wir aufrichtig sein wollen, sehr blaß sogar. Ein Anflug, so ein kleiner, netter Versuch von einem schwarzen Schnurrbart ziert seine feine Lippe, und über seinen tiefen, glänzenden, großen Augen wölben sich Brauen von derselben Farbe. Ich bitte alle Leser, die hier noch die Getreuen spielen und aushalten, zu denken, daß sie es mit einem recht sonderbar schönen Menschen zu tun haben, und wirklich, wenn er uns nun so auf einmal sein ganzes Gesicht zeigt, sind wir von der Schönheit und Milde überrascht, die aus ihm leuchten. «Leuchten» ist zwar der schlechteste Ausdruck, den ich bei dieser Gelegenheit hätte wählen können, nun er aber seinen Platz gefunden, mag er bis in alle Ewigkeit bestehen. Die Hände – oh, ich habe die Hände ganz vergessen. Jedermann, der dies liest, und der nur einige Phantasie besitzt, wird es der meinigen erlassen, diese Hände umständlich als feine Hände zu beschreiben. Schön und fein sind sie in der Tat. Die Füße stecken in den feinsten gelben Schuhen, die Hände sind beschrieben, der Mensch steht fertig da, wir können die Segel streichen und in dem Flußwasser dieser Geschichte unsere Fahrt mit gutem Gewissen fortsetzen.

Es ist schrecklich, welche Fehler bei begabten und selbst bei begabtesten Autoren oft vorkommen. Habt ihr nicht bemerkt, daß ich vergessen habe, dem Gitarrenspieler Brentano eine Gitarre in die Hand zu geben? Da verschwende ich viel Zeit mit Berichterstatten von schönen Schuhen, Beinkleidern, Fahrzeugen, Lustfahrten und vergesse dabei das Notwendigste und Stimmungsvollste: die musikalische Begleitung. Gott, man sollte meinen, ich hätte nicht mehr den Mut, weiterzufahren, aber jetzt, da mein Mann so vollständig ausgerüstet ist, besitze ich gerade so viel Keckheit, als nötig ist, um folgendes zu sagen: Die Geschichte fährt fort. Brentano ist ausgestiegen. Er setzt sich. Alle andächtigen Zuhörer sind gebeten, sich neben ihn ebenfalls zu setzen. Es ist der schönste weichste Rasen, auf dem man sich ausstrecken kann, und es wird Musik gemacht. Brentano greift weich und kraftvoll in die Saiten seiner Gitarre, singt dazu, und wir gestehen alle zusammen: noch nie ist schöner und ausdrucksvoller gepfiffen worden. Wort und Melodie sind sein eigenes Gewächs, um so besser steht beides seinem schönen Munde. Aber jetzt hat er zu Ende gesungen. Er erhebt sich, fährt recht gedankenvoll mit seiner Hand über seine Stirn, gleichsam, um da Gedanken wegzuwischen, geht langsam und träumerisch den Fluß entlang, einem Landhaus zu, das sich in der nächsten Nähe befindet, und steht dann wieder still. Er wird übrigens bald wieder gehen müssen, denn seine Gewohnheit ist, weder lange zu gehen, noch lange still zu stehen. Ich glaube, alle Dichter besitzen diese Gewohnheit. Jetzt geht er also, weil wir's, seine Gebieter, doch so haben wollen, und nun will es das Schicksal, daß er vor ein großes Gartengitter, gerade vor die offene Pforte zu stehen kommt. Es ist das Gitter von dem Park, der das Landhaus einschließt, von dem wir eben die Gewogenheit hatten, zu sprechen. Brentano singt, und niemand anderem als einem alten abgetragenen Wichtigtuer von Diener fällt es ein, den Dichter in seinem Gesang zu stören. Die Dame, die drinnen im Hause am offenen Fenster gesessen, um die weiche Nachtluft einzuatmen, hat den Sänger und das Lied gehört. Sie hat zu ihm hinausgeschickt, und eben der altersgraue filzige goldbehangene Diener ist der Abgesandte. Brentano gehorcht ohne Umstände, aber auch ohne die geringste Verwunderung der Einladung, die ihm der Lakai ausrichtet, nämlich, zu der Dame zu kommen, die gern den Liedersänger möchte kennen lernen. Hier ist gottlob ein Abschnitt fertig.

Die Vorstellung und die erste schickliche Unterhaltung zwischen der Dame und Brentano sind vorüber. Sie hat ihn gebeten, zu sagen, wer er sei, wie er heiße, woher er komme, wohin er gehe, was für einen Beruf er habe, und er hat ihr unbefangen und artig das Nötige gesagt. Die Dame erscheint ihm als eine schöne imponierende Frau, und er hat nicht die Ungezogenheit, auch nur in Gedanken ihre Jahre zu schätzen. Er besitzt Unterhaltungsgabe und die Dame fühlt, daß er ein in jeder Beziehung angenehmer und edler Mensch ist. Er kennt eine Fülle anmutiger kleiner Lieder auswendig, und er singt sie, ohne sich lange darum zu bitten. Er singt sie wegen sich, nicht ohne dabei die Empfindung zu haben, dem schönen Wesen, das ihm gegenüber sitzt, einen Wunsch zu erfüllen. «Herr Brentano», sagt sie zu ihm und gibt ihm ihre kleine weiße Hand, «ich muß Sie lieb haben. Wollen Sie einige Zeit bei mir bleiben?» Er bejaht, und er weiß gar nicht, daß er bejaht. Er ist an dergleichen Anmutungen gewöhnt und er liebt es, in Anspruch genommen zu werden. Das zerstreut ihn, der sonst immer nachdenklich wäre. Er führt die Hand seiner gütigen Wirtin leicht an seine Lippen. Die Dame steht auf, um dem Kammerdiener, immer noch dem gleichen, den wir schon kennen, Ordre zu geben, ein Zimmer für den Neuangekommenen bereit zu machen. Während sie fort ist, lächelt Zauberer Brentano, aber das Lächeln ist husch husch verschwunden, wie die Dame wieder eintritt. Er würde nie lächeln in Gegenwart schöner gebildeter Frauen, ohne dazu aufgefordert zu sein. Sie sieht ihn dankbar an, ohne eigentlich zu wissen, weshalb, und lächelt freundlich. Und nun darf Brentano auch lächeln, und wir auch, die wir über jede Art Geziertheit erhaben sind.

Die Nacht hat er herrlich geschlafen. Am Morgen ist er erst eine lange Weile am offenen Fenster, halb unangekleidet, und träumerisch gelegen. Die Aussicht über die Dächer der Stadt, über die Bäume und Türme weg in die unbestimmbare graue Ferne hat ihn gereizt und er hat dabei nichts gedacht. Menschen, deren Geschäft es ist, immer zu denken, wissen nur selten, daß sie es tun, so Meister Brentano. Dann, nachdem er Toilette gemacht, ist er hinunter zu der Dame gegangen, um ihr guten Morgen zu wünschen und nach ihrem Befinden zu fragen. Sie ist ihm in weißen, leise rauschenden Gewändern auf der breiten Treppe begegnet, und sie haben sich lange in die Augen gesehen. Sie hat ihm ihren reizenden Mund geboten, und er hat ihn sorglich geküßt. Sie hat dann geweint und mit geröteten Augen gefragt, ob er gut geschlafen habe, und er hat ihr gesagt, wie gut. Ihre Freude ist so unbefangen, so unschuldig wie die eines Kindes gewesen, und dann haben sie sich das Morgenessen servieren lassen. Nach dem Essen hat er in die Gitarre gegriffen und Töne herausgeholt, die zu der Freude und Gespanntheit ihrer Herzen süße und würdige Begleiter müssen gewesen sein. Er hat ihr nachher viel von seinen Reisen und Wanderungen erzählt, und sie hat vor Lauschen fast nichts hören können. Das mag kommen, wenn sich das Herz mit dem Ohr streitet, Hörer zu sein. Sie hat geseufzt und den Kopf in die Hand gestützt und ihn wieder lange nachdenklich angeschaut, der so ruhig und mild ihr gegenüber gesessen ist. Sie hat dann ihre Arme und Hände seinen leidenschaftlichen Küssen überlassen. Das ist an dem Morgen nach dem ersten Abend geschehen.

Sie machen zusammen, von einem schönen großen

Hund begleitet, Spaziergänge im Park und in der Flußgegend. Der Lauf der Isar plaudert zu ihrem Geplauder, das unerschöpflich scheint. Sie ereifern sich, ohne zu streiten. Es will der schönen gütigen Frau scheinen, als sei ihr Dichter, sie nennt ihn ja jetzt schon den ihren, auf Abwegen. Sie sagt ihm, er schweife zu sehr aus, er wisse gar kein Maß zu halten. Ob das recht und klug sei. Er schweigt gern zu Vorwürfen dieser Art. Er sagt nur, er wisse nicht, wie er anders sein solle, als eben so, wie er sei. Sie erwidert nichts darauf, sondern senkt nur traurig den Kopf. Er spricht selten zusammenhängend. Aus seinen Gesprächen springen seine Launen wie Raketen aus dem Finstern. Sie bemerkt es, und versucht, es ihm vorzuhalten. Sie sind glücklich. Sie fragen sich nicht, wie es nur möglich ist, daß sie es sind. Es genügt ihnen, zu fühlen, daß sie es ohne ihr Tun und ohne ihren Willen sind. Ihre Unterhaltung ist am Abend weniger frisch und lebendig als am Morgen, nicht weil sie zu viel sprächen den Tag über, sondern weil sie die schöne Gewohnheit haben, überhaupt gegen Abend in allem müde zu sein ... Sie empfinden Müdigkeit als etwas Liebes und sie küssen sich am liebsten, wenn es Abend ist. Das Küssen ist dann das Sprechen. Sie wissen nicht, ob sie sich ganz und gar verstehen, aber es fällt ihnen nicht ein, deswegen traurig zu sein. Im Gegenteil, sie sind froh, daß sie über gewisse Dinge nicht zu reden brauchen. Sie geben sich auch nicht die kleinste Mühe, ihr Glück zu hüten. Jede derartige Besorgnis wäre ihnen unangenehm, weil, wie sie sich, jedes im stillen, sagen, ihr Glück doch dahin wäre, wenn es der Aufsicht bedürfte. Sie liebt besonders den Dichter an ihm und er an ihr besonders die Erscheinung. Er sagt ihr, es sei ihm alles wie etwas Wunderbares, wie eine

Ahnung, wie ein Traum; sie sagt, sie habe ähnliche Empfindungen, aber es sei nicht nötig, es auszusprechen. Sie singt und spricht seine Verse auswendig, und er wundert sich über die Leichtigkeit, womit sie sie lernt. Es ist ihm nicht gleichgültig, was sie spricht und singt, und doch, wenn sie nur spricht und singt, ist ihm alles andere gleichgültig. Sie empfindet das, und es reizt sie oft, ihn die Herrlichkeit ihrer Herrschaft fühlen zu lassen. Er will nicht ihr Sklave sein, weil er sie liebt, und sie möchte seine Sklavin sein, um ihn inniger zu lieben. Sie fühlt sich ihm überlegen, das macht sie traurig. Er verschmäht es, ihr überlegen zu sein. Aber sie sind froh, daß sie nicht allzu ungestört glücklich zu sein brauchen. Vor dem Schlafengehen spielt er, und sie singt dazu. Wie sie müde sind, gehen sie zu Bett. Sie sagen, am schönsten lasse es sich in sittsamen und geordneten Umständen leben. Sie wünschen nicht, sich irgendjemals auch nur der kleinsten Ausschweifung bedienen zu müssen, um überzeugt zu sein, daß ihr Leben ein abenteuerliches und reizendes sei. Kein Abenteuer ist ihnen das einzige Abenteuer, das sie erleben mögen. So erfüllt von der Schönheit und vom Glück der Gegenwart sind sie.

Es ist einmal wieder Morgen. Brentano lehnt wieder, halb angekleidet, am offenen Fenster seines hochgelegenen Zimmers, schaut hinweg über die Dächer und über die Bäume in die unbestimmbare Ferne. Er sehnt sich hinweg. Es ist ihm, als sei ihm zu wohl hier bei der schönen Frau. Er kleidet sich rasch an, greift zur Gitarre, spricht einige Worte in sie hinein, wie zu einem lebendigen Wesen. Hierauf nimmt er das Instrument zwischen seine Beine, klemmt sich fest daran und wirft sich aus dem Fenster. Die Gitarre, ohne Zweifel eine Zaubergitarre, trägt ihren Meister durch die Luft, über die hohen Bäume hinweg, der Stadt zu. Daran erkennen wir den Magier Brentano.

In der Stadt sieht er, durch die Straßen schlendernd, die Künstler in ihren bekannten Stellungen, die Cigaretten in den müden Händen, in den Kaffeehäusern sitzen. Es graut ihm. Er hat einen Abscheu vor allem, was elegante Nichtstuerei ist. Er geht durch die Straßen, bis er müde vom Herumlaufen ist. Er hat kein Auge für die Weiberaugen, die ihn auffordernd anblitzen. Er meint zu schlafen, zu träumen. Eine Sehnsucht, wie er sie nie gekannt, befiehlt ihm, wegzugehen, weit, weit, aus der Welt weg, zu den Fenstern alles Möglichen hinaus. Er spricht laut vor sich hin. Die Gitarre beginnt von selbst zu tönen. Die Menschen werden auf den sonderbaren schlanken Menschen aufmerksam. Es ist ihm tödlich bang. Er wünscht, keinen Kopf, vor allem kein Herz mehr zu haben. Alle seine Empfindungen sind ihm eine unerträgliche unnütze Last. Er möchte sich auf die Erde werfen, die hier ein Asphaltboden ist, und weinen. Er hat schon zu lange nicht mehr geweint. Er haßt alle andern Empfindungen. Die einzige, die ihm willkommen wäre, muß er entbehren. Er setzt sich endlich wieder auf seine Gitarre und ist gegen Abend wieder in dem Landhause.

Die schöne Dame bemerkt wohl seine Veränderung, aber sie sagt nichts. Sie ist von der gleichen bezaubernden Freundlichkeit zu ihm. Brentano spürt diesen Zauber nicht mehr. Er langweilt, er sehnt sich tödlich. Wenn er nur wüßte, sagt er sich, wonach er sich eigentlich denn sehne. Die Dame fühlt, daß seine Liebe zu Ende. Sie sagt nichts, sie schaut ihn mit traurigen aber dankbaren Augen an und weint, wenn er es nicht sieht. Er sieht nichts mehr an ihr. Wenn er singt, tändelt er nur mit seiner eigenen schmerzlichen dumpfen Sehnsucht, die er zu betäuben bemüht ist. Seine Küsse sind kalt und lahm geworden, die ihrigen erschüchtern, erfrieren. Sie senkt den Kopf täglich tiefer, sie vernachlässigt ihre Haltung von Tag zu Tag. Sie wünscht zu sterben. Er wünscht, wieder zu leben. Er sagt ihr, daß seines Bleibens hier nicht mehr sei. Sie schüttelt nur bejahend den Kopf, zittert und schleicht sich weg. Er ist bereit, von ihr Abschied zu nehmen, die Gitarre am Rücken, in dem Anzug, in welchem er ihr zum ersten Mal erschienen. Sie reicht ihm beide Hände und weint. Er ist zu müde, um sie zu trösten. Er geht mit hastigen Schritten durch den Park und ist verschwunden. –

Das ist die Geschichte, die Romanze, die Ballade, die Komödie vom Dichter Brentano. Wem sie erlogen scheint, mühe sich weiter nicht ab, er darf sie erlogen finden. Wer möchte von einem Dichter eine wahre Geschichte erzählen, und wer könnte es wagen, einem Dichter, wie Brentano, eine rein wahre Begebenheit aufzuhalsen? Ich zum Beispiel, ebenfalls ein Dichter, wünsche als Grabrede einst lauter Lügen. Wenn es nur liebliche Lügen sind.

DIE HANDSCHUHE

Es fällt mir nichts mehr ein, nur ein paar Handschuhe sehe ich, die liegen müde am Tischrande. Deutlich sehe ich, wie sie müde und traurig sind, die Handschuhe. So edel sehen sie aus. Passen sie denn wirklich niemandem, daß sie hier so herunterhängen müssen wie Herbstlaub? Sie sind gelb und mit dunkelbraunem Pelz besetzt. Lang und schmal sind sie. Wie arm sind Handschuhe, die nicht an einer schönen Hand angeschmiegt leben dürfen. Da kommt nun so ein kleines Mädchen, ein Kind, das will sie probieren, aber sie passen nicht: Händchen zu kurz, Fingerchen noch zu wenig lang. Da kommt nun so eine robuste Dame, aber ihre Hand ist viel zu fett, ihre Finger sind viel zu groß. Eine Schauspielerin kommt und probiert, aber es will nicht passen. Zu viel Gesundheit: die Hand recht in der Schmäle, aber zu üppig sonst. Die Handschuhe krachen in den Nähten. Da kommt eine große, schöne, leidende Dame, der passen sie. Lange Hand, schmale Hand, leidende, dünne Hand, dir passen die Handschuhe! Glückliche, überglückliche Handschuhe und: arme, liebe, unglückliche Dame!

WENN ICH PFARRER WÄRE

würde ich, eines Vormittags, an den Schreibtisch gelehnt, zu meiner Gattin sagen: Liebe Frau, mach bitte die Tür zu, laß mich ungestört. Dein Engelsantlitz ist lieb, aber es will mich immer und ewig vom Schwung meiner Gedankenwelt loslösen. Also geh, gib her, noch schnell einen Kuß. Und verlasse mich jetzt, geh in die andere Stube. Denke dir, ich habe einen von denen Aufsätzen neu zu verfassen, wie man sie heutzutage der lesenden Welt gern unter die sorgsam tastende und fühlende Nase schiebt. Von dem Honorar, das ich bekomme, kannst du dir sodann einen neuen Rock machen lassen. Oder du kannst dir ein trautes Halsband kaufen, oder einen üppigen Pelz, angeschmieget nachher, ich meine, wenn er da ist, an die köstlich anzuschauende Taille. Ich habe auch Sinn für Fleisch, und so drücke dich jetzt hübsch zur Tür hinaus und laß deinen Mann wirken und dichten.

So, jetzt bin ich endlich allein vor dem Thron Gottes. Nämlich. Wie? Wer spricht hier? Niemand? Dann ist es gut, und so will ich nun so recht empfinden, wer ich bin, dann stellen sich die hohen Gedanken von selber ein. Als Pfarrer bin ich ganz wie von selber zur tiefen Gedankenanlage verpflichtet, diese Anlage erweitere ich jetzt und verliere mich mit den Worten, schlicht und recht, damit es das letzte Dirnchen von der Elsässerstraße leicht verstehen kann: «Lange ist es her», in die erhabene und um Jahrtausende zurückgeworfene Weltgeschichte. Ein bißchen mag ich es jetzt gern dem J. P. Jacobsen, dem zierlichen Dänen, nachmachen und sagen: «Die Schneeflokken rollen am Boden». Auch das paßt, es paßt alles in die hohlen Grundgedanken. Tatsächlich ist so ein Gedanke meist hohl und zwar deshalb, damit er mit Gefühlen angepfropft werde. Ich schreibe ein bißchen viel in der letzten Zeit, aber warum fordern sie einen auf zu schreiben? Ich kann das übrigens ebensogut wie die nach Wortleckerbissen schnappenden Journalisten. Die Würde meines Berufes verträgt sich mit der Spitze und Schärfe der Schreibfeder sehr gut, denn wo überhaupt Takt ist, darf eins sich alles gestatten. Was man auch anpackt und angreift, es atmet dann alles ein und denselben von Anstand durchtränkten Stil. Ich kann ebenso gut die Hand eines Schwerkranken ergreifen als schreiben: «Gehet in euch. Es genügt nicht, ein fester Mensch zu sein.» Ich kann ebenso gut Aufsatz schreiben wie trösten, ebenso gut es dem Monsieur Goethe nachmachen wie Hilfe spenden, ebenso gut stilisieren wie weinen über den vollkommenen Jammer der Menschheit. Und dann ist es doch so reizvoll für den geliebten Leser, die schriftstellerischen Produkte des Seelsorgers kennen zu lernen, es ist fast so, nicht ganz, aber fast, als wenn ein Regierungsrat von der offenen Schaubühne herab dem Mitbürgerpublikum seine dramatischen Künste zeigt. Und dann ist vielleicht noch eines zu bedenken: Man bedient sich heutzutage, im Zeitalter der geflügelten Luftgondel, der, wenn es in Gottes Namen sein muß, schreiendsten Mittel, um Stellung in der Welt zu behaupten. So gut wie eine Sängerin, ein profaner Autor, ein Verlag, ein Zirkus, ein Restaurant, eine Regierung, ein Metzger, ein Gerber, ein Buchdrucker, eine Aktiengesellschaft und was weiß ich Reklame machen kann, kann's auch der Pfarrer. Wir schütten und putzen uns alle aus, das ist es. Wenn einer der Welt Dinge von Bedeutung zu sagen hat, soll er sich dahintersetzen und den Mund auftun, auch wenn eine kleine Portion eitlen Selbst-Wohlgefallens ihn antreibt. Die Beweglichkeit, das ist die Hauptsache. Vor Gott hält nur der Fleiß, die von der übernommenen Anstrengung schwitzende Stirn, der ermüdete Arm, das von der Empfindung noch über den Tod hinaus leuchtende Auge stand. Gott versteht, Fehler zu verzeihen. Jetzt will ich meine emsige Feder abtrocknen. Halt, noch dies: «Lang ist es her!» Das macht sich sehr hübsch. Die Leute werden sagen, ich sei eine Art kunstgewerbliches Talent, ich meistere die Form, wenn ich derart, wie ich es jetzt getan habe, die Eingangsworte dem Schluß bezaubernd beifüge.

Da entkleidet sie sich, während sich der Künstler das nötige Material aus der Unordnung des Zimmers zusammensucht, Hut und Rock und die Unterkleider fallen, Korsett und Hosen und der Strumpf, und die Nackte steht da. Ein Ruhebett ist in die Nähe des geheizten Ofens gestellt worden, das Mädchen legt sich in nachlässiger Haltung aufs biegsame Polster, achtlos um Posen. Sie weiß, daß sie schön ist, sie ziert sich nicht lange, sie hat schon erfahren gelernt, wie ernst es dem Zeichner in solchen Momenten zumute ist. Und nun liegt sie da mit zu dem Buch, das sie liest, niedergeschlagenen Augen, unumschränkt schön. Der Künstler hat sich einen Griffel gespitzt und zeichnet sie, indem er die Augen ermächtigt und zwingt, in das lebendige Bild, Merkwürdigkeiten herausholend, einzudringen. Seine Stirn zieht sich bald darauf in sorgenvolle Falten zusammen, offenbar kämpft er mit Schwierigkeiten. Er möchte aus allen ihn bisher beeinflussenden Schulen und Vorschriften heraustreten an die freie, frische Luft der köstlichen Selbstzucht.

Er zerreißt das begonnene Blatt und wirft sich in ein entstehendes neues, auch dieses verwirft und vernichtet er und fängt wieder ein neues an. Unterdessen ist das blühende Leben noch einfacher geworden. Musik entströmt dem Körper. Was für grausame Forderungen treten jetzt an die Künstlerhand leise, aber schneidend deutlich heran. Er soll die Musik zeichnen. Da möchte er seinem breiten Kohlenstift Zartheiten, namenlose, zumuten, da möchte er fließen können wie Wellen, leuchten können wie die Sonne und schimmern können wie der mitternächtliche Mond. Nichts ist ihm fest genug und nichts unbestimmt genug gezeichnet. Wieder martert er das gedankenvolle Auge mit dem Anblick des lässig hingestreckten Körpers. Wie das zu den Linien und Falten herausherzt und duftet. Wie das edle Bein in die neu erfundene Unschuld sich rundet. Wie die Zeichnung sinkt und die Dichtung tönt. Der eine Arm ist lang ausgestreckt, mit der Hand den Sitz der Wollust anrührend. Die Brüste sind in natürlicher Bequemlichkeit vorgestreckt, zwei vorgebogene Hügel, zwei Äpfel zum ewig Anschauen. Die andere Hand hängt vom Stützpunkt wie zu Fingern geformtes Wasser nieder. Nun bestürmt wieder die gekrümmte Fußspitze die künstlerische Aufmerksamkeit. Der Hals verliert sich in die schöne Brust wie ein schöner Kunstgedanke in einen noch treffenderen und schöneren. Wie das einer weißen Wolke, Welle, Taube oder Empfindung ähnlich sieht. Die Wolke ist auch sehr einfach und auch so unerfaßlich, ebenso die Welle, aber die Taube flattert, das Können seufzt, und eine rasche zornige Empfindung zerreißt wieder das Blatt. Neu gezeichnet! An einem Stück weicher, unbekümmerter Natur zerschmettern die feinsten Kunstleistungen wie mutwillige Spritzer am unanfechtbaren Felsen. Das Gefühl meint, es zeichnen und treffen zu können: niederschlagende Täuschung. Nur der eiserne Lerneifer kann's. Das Genie sinkt zitternd in seine Knie. Wie das atmet und denkt zu dem Leib heraus. Wie sich das hinauf und hinabschämt, wie sich die herrlichen Falten in die stolzen Formen, die Linien ineinander verlieben. Gott wird von ferne in Gebirgszügen und Meeresbrandungen verständlich. Der Künstler, verworfen, wie er sich vorkommt, geht hin und amüsiert sich mit dem Modell.

SIE SCHREIBT

Tag, altes Untier. Sag mal, wo steckst du eigentlich? Man trifft dich ja überhaupt nie mehr zu Hause. Schon dreimal bin ich bei dir gewesen, ohne dich anzutreffen. Du verleugnest dich wohl. Du gibst vor, nicht zu Hause zu sein. Du verkriechst dich vor mir. Ich muß dir offen gestehen, daß ich glaube, daß du mich anschwindelst. Ich brauche Geld, etwa 100 Mark, kannst du mir die geben oder nicht? Ich hoffe, du wirst mir die Bitte abzuschlagen wagen, wenn du nicht Lust hast, sie mir zu erfüllen. Aber ich hoffe wiederum sehr wenig, ich mißtraue dir, ich glaube, du bist ein Feigling. Übrigens habe ich in der Ausstellung dein Bild gesehen, es hat mir mißfallen. Du bist wohl erstaunt, mich so frei reden zu hören, aber erstens habe ich dir gegenüber keinerlei feinere Rücksicht zu nehmen, und zweitens ist es meine Gewohnheit, stets zu probieren, wie weit man es mit Frechheit in der Welt bringen kann. Du gibst vor, mich da in diesem Bild gemalt zu haben? Nein, Ferkel, das bin weder ich, noch ist das irgendein Mädchen der Welt, sondern das möchte bloß einige rohe Ähnlichkeiten mit einem Weib haben. Ich will jetzt einige ernste Worte reden; die Laune, bitte, weiter gar nichts, veranlaßt mich dazu. Ich bin gut aufgelegt, ich will dich ärgern, denn offen gesagt, du bist zu hochmütig. Du hast mir vorgelogen, ein Langes und Breites, daß du unverheiratet seist, und nun höre ich von solchen, die deine Verhältnisse kennen, daß du Frau und Kind hast. Na, eine Lüge, was weiter, aber warum mußt du gelogen haben? Verachtest du mich? Ja, ich wittere es, du glaubst, mich zum besten halten zu dürfen, weil ich dir Modell stehe. Sag mal, kommt dir denn das nicht ziemlich unfein vor? Du bist Künstler, und du bildest dir ein, du seiest voller Vorurteilslosigkeit, oder befiehlst du dir nur deshalb, mich zu verkennen, weil du Angst vor mir hast? Ich bin vielleicht klüger als du denkst, Schatz, und es kann leicht möglich sein, daß ein Anstand in mir lebendig ist, von dessen Vorhandensein du überhaupt keine Ahnung hast. Du bist interessant, mein Lieber, aber du bist auch grob, und das verdirbt das Interesse, welches man dir geneigt ist entgegenzubringen. Ihr Künstler solltet die unbefangensten Menschen der Welt sein, und ihr seid manchmal die allerunfreiesten und unentschlossensten Menschen, und da wollt ihr dann immer vorgeben, daß ihr Genies wäret. Ich habe mich dir zur Unterhaltung hingegeben. Deswegen mußt du dir aber noch lange nicht einbilden, daß mir der Mut fehlt, dir Unangenehmes zu sagen. Du kannst vielleicht einiges von mir lernen, ich bin klug genug, dir zu sagen, warum du das nötig hast. Ich bin ein armes Mädchen. Hättest du Genie im Herzen, so würdest du mich lieben und mit einer Zärtlichkeit achten, die mit dem Glück, das dich beseelte, übereinstimmte, und dann würdest du mich auch besser haben malen können. Du bist kein großer Künstler, du bist nicht aufrichtig, nicht mutig, nicht zartfühlend genug zu so etwas. Warum willst du ein Mädchen malen, das du wie eine zudringliche Bettlerin behandelst? Daß ich keine Schmutzin bin, beweist dir die Sprache, die ich rede, und daß du nichts Großes bist, beweist deine unedle Gefühllosigkeit. Du wolltest absolut was Nacktes darstellen, du hast vielleicht an mir nur lernen wollen, ja, das glaube ich, nur lernen hast du wollen: das ist löblich, aber es ist schülerhaft. An uns, guter, trefflicher Junge, darf man nicht so trocken lernen wollen. Du kannst hundert, ja tausend Aktbilder von und nach mir verfertigen, es wird immer nur ein kläglich Studieren, nie aber, versteh mich, ein Schaffen, ein Hervorbringen von etwas Köstlichem sein. Du kannst Licht und Schatten und Fleischton, oder wie ihr das alles nennt, anbringen, zehn, zwanzig Feinheiten: oh, ich durchschaue dich. Mit einem Wort: solange du nicht etwas finden kannst zum Abmalen, wovor du zitterst, bleibst du ein Stümper. Gestatte, daß ich vermute, auch ein klein wenig zu verstehen vom Handwerk. Wenn du mich so nackt hast vor dir liegen sehen, hast du da gar nicht gelitten, nicht eine Spur? Siehst du, ich selbst schauderte vor den eigenen Herrlichkeiten. Nein, nichts bist du, denn wenn man lügt, ist man nichts. Kannst du mich belügen und mich zu gleicher Zeit nackt gesehen haben? Es muß gar keine Zartheit in dir sein. Du bist ein Geschäftemacher, ein Fabrikant von Haufen von Bildern, aber kein Maler. O ihr Künstler! Euch läuft man ins Haus, zieht sich bereitwillig bei euch aus: und da wollt ihr noch lernen wie die Schulbuben. Gelernt, Knaben, solltet ihr vorher haben, in euren vielen vorangegangenen freien Stunden. Ihr seid träge gewesen, und wenn man dann zu euch kommt, werdet ihr roh. Schicke mir das Geld, ich erwarte es des bestimmtesten. Deine gute, liebe Frau bildet sich gewiß ein, du seiest ein großer Künstler, laß sie nur in dem Glauben, das ziemt dir. Ich habe wenig Achtung vor dir, aber ich finde dich neckisch, süßer, kleiner Affe. Adieu. Gehorche mir und sende mir umgehend das Gewünschte.

DIE BUBEN WEIBEL

Ihre Geburtsscheine lauten auf Oskar und Hermann Weibel; sie werden auch Osgi und Hermi genannt. Der knappe Dialekt paßt viel besser zu ihren Charakteren als das ernste, würdevolle, imposante Schriftdeutsch. Papa Weibel läuft seinen Geschäften nach, er hat es sauer. «Unser Papa hat es sauer», denken die beiden jungen Sozialdemokraten. Sie empfinden es als eine Ungerechtigkeit des lieben Gottes, daß Papa Weibel es sauer hat. «Großrat von Känel ist ein ‹stolzer Siech›», so denken sie weiter. Gott hat nach ihrer Auffassung elegante Reitstiefel an den Beinen. Der himmlische Vater ist nur ein reicher Mann, weiter nichts. Die beiden Buben Weibel hassen bereits Gott, obgleich sie erst zehn, respektive elf Jahre alt sind. Großrat von Känel ist allerdings eine entzückend herablassende, gleichsam mit der impertinenten Gangart Geschenke und Lebensposten austeilende, stolze, gewogene, schwere, gewiegte und kernige Manneserscheinung. Das wirkt beleidigend auf unser jugendliches Proletariat. Nach ihren jungen dummen Erfahrungen ist die Welt gemein.

Sie müssen die Zimmerherrenschuhe putzen. Die armen Teufel. O sie möchten blutige Tränen weinen, um die brennende Schmach damit auszulöschen. Ihrer Weltanschauung gemäß ist das Schuhputzen eine Erniedrigung. Weibels sind genötigt, an einzelstehende Damen und Herren Zimmer zu vermieten, um eine Kleinigkeit an der Miete herauszuschlagen, und freilich, da wo Zimmer vermietet werden, da müssen auch Stiefel in die Hand genommen werden zwecks gründlicher Reinigung derselben. Osgi und Hermi Weibel, noble Naturen, müssen erst den Abscheu verschlucken, ehe sie es über sich bringen, Stiefel wie dem Herrn Zimmerli seine anzufassen. Herr Zimmerli ist einer von den achtbaren Zimmerherren. Beim Schuhputzen tritt die schreckliche Notwendigkeit an den berufsausübenden Putzer heran, in die Stiefel hineinzugreifen, mit der Hand, ganz hinein, bis nach vorn, wo sonst die Zehen des Schuheigentümers plaziert sind, und gerade diese Art Beschäftigung flößt unseren Herren Baronen da die schauderhafteste und unüberwindlichste Abneigung ein.

Aber sie müssen! Infolge dieses bitteren Zwanges putzen sie schlecht. Sie gehen von der Meinung aus, daß es ehrenhaft sei, eine Arbeit, die man haßt, mangelhaft auszuüben. Sie erhalten als köstliche Beigabe zu diesen sonderbaren Grundsätzen Prügel. Papa Weibel «muß ihnen wieder einmal zur Abwechslung zeigen, wie man schuhputzt».

Die Wohlhabenheit und den Reichtum hassen die Buben Weibel, aber sie bewundern diese beiden edlen Dinge zu gleicher Zeit. Sie träumen im geheimen von Samtröcken, von langen, schwarzledernen Frauenhandschuhen, von Fächern in schmalen, blassen Händen, von großen, stolzen, kalten Augen unter langen, vornehmen Wimpern. Man ist halt in Gottes Namen romantisch, exzentrisch veranlagt. Und man hat gleichzeitig die scheußliche Aufgabe, dem Herrn Widerwärtig da, dem Zimmerherrn Zimmerli, seine «dreckigen» Stiefel zu putzen; ein unangenehmes, jeden frühen Morgen pünktlich wiederkehrendes, hohnlächelndes, trockenes und taglohnsaures Problem. Allerdings, o nur zu allerdings, ist Wohlhabenheit etwas Köstliches. Herrlich sind Augen, über die die geschickte Hand einer Zofe graziöse Brauen malt. Himmlisch ist eine Kalesche, gezogen von wohlerzogenen Pferden. Entzückend sind schöne Manieren; und die Töne, die Sprache, die Farbe und die Einfälle der weltlichen Wohlbeschaffenheit lassen in den Herzen unserer Buben Weibel eine unleugbare Sehnsucht aufblühen, dergleichen auch zu besitzen. Sie möchten wohl gute Manieren haben, diese Barrikadenkämpfer. Da sie aber einsehen, daß es keinen Sinn hat, arm zu sein und sich eines guten Benehmens zu befleißen, gehen sie hin und betragen sich wie Rowdys. Man geht aufs Beleidigen aus, wenn man die Nutzlosigkeit einer guten Aufführung erst einmal recht lebhaft zu empfinden Gelegenheit gehabt hat.

Großrats haben einen *fils*: Robert von Känel. Es ist dies ein Junge, der aussieht wie die gute Erziehung selber. Robert ist zu gut zum Sohn, deshalb ist er ein *fils*, kein bloßer Sohn. Solche Söhnchen, wie Robert eines ist, nennt man Fissen. Auch nennt man ihn nicht Röbi, Robi, Röbu oder gar Köbu, wie man einen xbeliebigen anderen Robert etwa dem Namen nach verunstalten würde. Solches ist hier nicht am Platz. Nein, unsern Robert nennt seine Mama, die Frau Großrat, sogar nur «Rober». Ohne t. O, wie uns das an den königlichen Hof von Versailles erinnert. Hier, mein werter Leser, ist noch das alte Regime, hier höfelt, hier französelt es noch, hier darf man sich noch an Rokoko-Wendungen, -Endungen und -Drehungen erlaben, hier ist Stil, und in der Tat, höchst ernsthaft gesprochen: Frau Großrat von Känel ist geschraubt wie eine Redewendung aus dem 18. Jahrhundert: die zierlichste Frau der Stadt mit den 28000 Einwohnern. Sie ist ehemals Dienstmädchen gewesen. O! Daß uns doch jemand, der noch Schicklichkeit im Leib hat, auf den Plappermund treffen wollte.

Also der Herr Großrat ist bereits einmal mit «stolzer

Siech» angeworfen worden. Was die Stange da, die Dame, die Erscheinung, die Frau von Känel betrifft, so kommt sie den Buben Weibel sowohl königlich schön wie lächerlich vor. Bewunderung vermischt mit Verachtung, Liebe mit Spott, Verehrung mit Hohn: das ist Sansculottenart. «Gassenmichel», so sind des öfteren die Herren Gebrüder und Buben Weibel tituliert worden. Mama Weibel ist bekümmert wegen den «Unflaten, was sie sind». Von Herrn Papa Weibel wissen wir, daß er es sauer hat, und daß er von Zeit zu Zeit geeignete Trachten Prügel hat verabfolgen müssen. Um sich zu rächen und Sackgelder zu machen, bringen die jungen Lumpen köstliche, antiquarisch wertvolle, alte Buchausgaben, wie solche von Voltaire, in Handel, indem sie zum Althändler an der Untergasse laufen, um den Familienschatz zu veräußern. Im übrigen erblickt man die Übeltäter jetzt öfters im Keller, hübsch mit Holzkleinhacken beschäftigt. Sie finden es reizend, mit dem Beil elegante Streiche auf die Holzblöcke auszuführen. Holzhacken ist im Vergleich zum Schuhputzen oder Milchholen eine ideale Arbeit, aber jede Arbeit kann langweilig werden, und so müssen wir es denn erleben, daß dieses «Korps» sich hinter ihres Vaters Weine her macht, um auch diesmal wieder ertappt zu werden. Hier erfolgt ein Stockwerk gesalzener Hiebe! Merkwürdig, wie man es zustande bringen kann, seinen Vater zu gleicher Zeit aufs Blut zu ärgern und ihn zu bemitleiden, weil er es sauer hat. Kindliche Liebe ist eben auch in Flegeln lebendig.

«Daß mir deine beiden Buben Weibel nie mehr wieder ins Haus kommen, hast du gehört, Rober!» – Wer kann denn um Gottes willen so schreien? Sollte es das ehemalige Dienstmädchen, jetzige adelige Frau von Känel sein? In der Tat, sie ist es. Beruhigen wir uns. Entrüstet ist sie, von oben bis unten in «flammender Entrüstung». Um einen solchen Gefühlsausbruch zu beschreiben, dazu bedürfte es der Feder eines Kleist. Die Zeiten sind dahin, wo vor Zorn vergehende Menschengestalten etwa noch ihren Porträtisten haben finden können. Aber zu wem spricht denn die Dame so? Zu *fils* Robert? Jawohl; und das ist es ja gerade, daß Röbi von Känel eine solche herzliche Freundschaft für die beiden «Säumichle» empfinden muß. Er klebt förmlich an ihnen. Er liebt sie unaussprechlich. Er lacht gern, dieser durch Manieren hervorragende *fils*, er ist gern lustig, und siehe da: unser «Korps» gibt ihm beständig Stoff zum Lachen. Gute Jungens lachen halt gern. «Fissen» haben in der Regel wenig eigene gute Einfälle, oder gar keine, daher klammern sie sich an das Genie der Gasse, an den Geist der unteren oder mittleren Volksschichten. Gewiß: das Proletariat von heute ist etwas Trübseliges, etwas Unkultiviertes, aber, Hand aufs Herz, wo ist heutzutage Geist zu finden, wenn nicht eben in den Zirkeln, von denen sich der gebildete Mensch am liebsten voll Degout abwendet: unten im Keller, unten, tief unten in den Schichten der arbeitenden Bevölkerung? Seien wir aufrichtig, es ist reizend, aufrichtig zu sein. Also, ihr gottverdammten Buben Weibel, sehet, da habt ihr ja, beim hohen und gewaltigen Donner (Kleist), eine gar verflucht vornehme Freundschaft. Und jetzt verscherzt ihr dieselbe? «Daß sie mir nie mehr ins Haus kommen!» –

Was aber haben denn die Freiherren getan, daß man sie derart bis in den untersten Pfuhl der Hölle hinunterverdammen und abblitzen muß? Nichts. Lappalie. Luft haben die phantasiereichen Spitzbuben abfahren lassen, das ist alles. Die Atmosphäre eines gutbürgerlichen, ja patrizischen Eßzimmers wird hierdurch mit den Düften der unteren Stände in allerdings etwas unappetitlicher Weise untermischt. Die Jugend ist ein Freiherr, das spätere Leben ein nachdenklicher Türpfostensteher; darin liegt der ganze Unterschied. Allerdings gehen Freiherren nicht hin und räuchern Eßzimmer ein. Auch ist ein lederner Lehnsessel nicht zum «Einweihen» im Weibelschen Sinn, sondern zum Sitzen da. Das geben wir gerne zu, und wir sprechen jetzt traurig wie Robert: «Ach, ihr Buben Weibel, warum könnt ihr euch nicht besser aufführen? Mama hat gesagt, ihr dürft nie mehr ins Haus kommen.» Armer Robert, armer *fils*, armes feines Aristokratenpflänzchen, siehst du denn nicht, daß sich die Rotte wieder einmal halb krank lacht, vor Vergnügen, die Kaste, der du angehörst, beleidigt zu haben?

Dazu kommt zum Schluß noch, daß Großrats einen Diener, sage einen: Diener, haben. Das ist zu viel, das geht nicht. Mit Leuten, die einen Diener haben, ferner zu verkehren, das geht nicht. Da wendet man sich achselzuckend ab, ein für allemal. Was muß ein Diener tun? Gehorchen? Gut! Also für immer geschieden. Tatsächlich verkehren jetzt schon seit ziemlich langer Zeit keine Weibels mehr mit dem Haus von Känel. Robert trauert.

ABSCHIED

Ich konnte stets tun, was ich wollte. Fiel mir etwas ein, so klingelte ich, und man brachte mir das Gewünschte. Rauchte ich aus der Pfeife und hatte sie keinen rechten

Zug, so sprang dafür der Kopf eines meiner Sklaven von der Untertanenschulter herunter. Mein Leben glich einem Traum, und ich glaube, wenn ich mir die Sache jetzt so überlege, sah ich einem Herrscher sehr, sehr ähnlich. Ich ritt oft aus, umgeben von zahllosen Wächtern. Regiert habe ich offenbar schlecht, ich habe mir in dieser Beziehung keine Mühe geben mögen, wofür sie mich denn jetzt auch in der Tat weggejagt haben. Regieren? Ich lächelte träge: das hat mir als Regierung vorgeleuchtet. Lag ich auf dem schwellenden Sofa, so trat einer zu mir heran, d.h. er kroch auf den vieren und sagte irgend etwas. Das nannte ich Staatsgeschäfte erledigen.

Ich bin nie auf die Politik erpicht gewesen, d.h. ich verfolgte die Bewegungen meiner Tänzerinnen, das war die Politik, welcher ich huldigte. Ich bin natürlich in der ganzen Welt verschrien als ein fürstliches Ungeziefer. Wohlan, säubert jetzt das Land, wenn ihr könnt, aber seht zu, daß euch der Orient nicht stirbt unter den Händen, die da reinemachen. Ihr habt eigentlich ganz recht gehabt, mich abzusetzen, denn ich würde euch jedenfalls durch meine vollkommene kaiserliche Gleichgültigkeit bei der Ausübung eurer Pflichten schikaniert haben. Ich soll auch gemordet haben. Nun, davon wollen wir nicht reden. Es soll viel in den europäischen Zeitungen gegen mich geschrieben worden sein, ich aber, ich habe noch nie eine Zeitung in die Hand genommen, geschweige denn meine hohen Augen damit geplagt, eine zu lesen. Armer Orient, ah, jetzt töten sie dich. Ich war nur ein kleiner Mörder, ich tötete meine Kreaturen, sie aber töten die halbe Erde. Denn was sind wir, wenn sie uns zivilisiert haben?

Es hat in der Türkei, deren gesalbter Herrscher ich

war, nie tüchtige Leute gegeben, doch jetzt gibt es welche. Unsere Gärten werden welken, unsere Moscheen werden bald überflüssig sein, unsern Propheten wird man auslachen.

Ich saß und lag in meinen Gemächern und glich einem unantastbaren Gott. Gearbeitet habe ich nie, ich bin sogar zu schläfrig gewesen zu befehlen; ich habe mit den Augen befohlen, und die Leute, die mich umgaben, verstanden diese Sprache. Oft habe ich sogar mit meiner langen Großtürkennase Befehle erteilt, und wenn ich nieste, so wurden die Provinzen von meinen Banden verwüstet. Ich war ihnen die leuchtende und verfinsternde Sonne, doch jetzt haben sie sie nicht mehr nötig. Es gibt weder Gnade noch Ungnade mehr unter dem Halbmond. Jetzt erst sehe ich so recht ein, wie seltsam es gewesen ist, dieses mein Herrscherleben. Wenn es mich juckte am Schädel oder irgendwo anders, so entstand Unruhe im Palast, und durch mein Reich ging ein Zittern, gleich den Erschütterungen eines zornigen Erdbebens. Ah, ich, ich herrschte noch. Dann kam das langweilige, fade Japan mit seinen militärischen Erfolgen. Ja, das fehlte noch. Man japanisiert oder europäisiert uns jetzt, das ist dasselbe. O es war so seltsam. Ich, muß man wissen, herrschte im Grunde genommen gar nicht, ich saß nur so da und blies Rauch aus der Pfeife. Meinen Kreaturen überließ ich das Amt des Herrschers. Das war vielleicht ein Fehler, doch ich verbiete mir, darüber irgendwelche Betrachtungen anstellen zu wollen. Man glaubte, mir eines Tages sagen zu sollen, Paris sei eine schöne Stadt. Ich ließ denjenigen kochen und braten, der mir das sagte, und der arme Schuft lächelte. Sie lächelten, wenn ich sie martern ließ. Sie haben an mich geglaubt, und jetzt fangen sie an, an nichts mehr zu glauben, und daher, glaube ich, wird es langweilig werden in der Türkei.

Ich kann nun nach Paris gehen und im Grand Hotel wohnen, den Tag zu tausend Francs. Und das wird unsagbar lustig und ebenso unsagbar fade sein. Träumte ich? Oft lustwandelte ich unter dem Schnee der Blütenbäume. Unfern plätscherte ein Brunnen. Ich war immer ganz krank von Lüsten und Begierden. Ich habe die Leute, die mir ernsthaft ins Gesicht zu schauen wagten, vergiften lassen. Dann pfiff ich, und es erschienen meine Frauen, und ich wußte nicht, ob ich sie vor meinen Augen sollte verbluten lassen, oder ob es netter sei, ihre süßen zitternden Glieder zu umfangen. Ihre Arme! Es wimmelt mir jetzt immer vor den Augen von Armen, Beinen, Spangen, Lippen, Gewändern und Tänzerinnen-Bewegungen. Mitunter gefiel es mir, die Frauen, die allerschönsten und üppigsten, vor mir zaghaft stehen zu lassen, sie bloß anzuschauen und sie zu verschmähen. Ich war ja schon ganz verrückt geworden von Sinneslüsternheit.

Und unterdessen schrieben sie, die Esel, die sie sind, Artikel gegen mich. Die Verblendeten, die Irregeführten! Doch es scheint, daß das alles so hat kommen müssen. Allah ist gegen uns. Mit dem Islam ist es zu Ende. Durch die Wüste, wo der Klang meines Namens die Hyänen zum Respekt zwang, werden die Eisenbahnen fahren. Die Türken werden Mützen aufsetzen und wie Deutsche aussehen. Man wird uns zwingen, Geschäfte zu machen, und wenn wir nicht fähig dazu sind, so erschießt man uns einfach. Im allgemeinen, glaube ich, bin ich immerhin so etwas wie eine Persönlichkeit auf dem Thron gewesen. Schon, daß ich genoß auf dem Thron! Wo gibt's das heute? Die Könige müssen den Staat putzen, sonst werden sie abgesetzt. Ich war der letzte Herrscher, der noch einen wirklichen Palast bewohnte. Meine Nachfolger werden nur noch in öffentlichen Gebäuden wohnen.

BLUMENTAGE

Am Kornblumentag, wo alles in blau einherstolzierte, hat es sich so recht gezeigt, wie sehr sich Verfasser gegenwärtiger wissenschaftlicher Abhandlung als das gute, unschuldige Kind seiner Zeit fühlt. In der Tat, ich habe alle und jede artige und unartige Kornblumendummheit mit Lust, Liebe und Wonne mitgemacht, und ich muß mich, glaube ich, sehr komisch benommen haben. Einige stolze und ernste Nichtbeteiligte haben mir einen strengen Blick zugeworfen, ich aber, ich Glücklicher, ich war wie berauscht, und ich bin, muß ich, indem ich erröte, gestehen, von Destille zu Destille gepilgert, indem ich überall, von der Münz- bis zur Motzstraße, patriotische Blumen aufkaufte. Von unten bis oben ganz in blaue Farbe gehüllt, kam ich mir sehr graziös vor, im übrigen aber fühlte ich mich auf das Allerlebhafteste als ein wohlanständiges Mitglied der besseren Kreise. O dieses süße Gefühl, wie benebelte es mich, und wie beglückt mich der schöne, ja vielleicht sogar, unter Umständen, erhabene Gedanke, daß ich nach links und nach rechts unter sehr anmutvollen Bewegungen, Groschen, gesunde, treuherzige, redliche, ehrliche, brave und gute Groschen, habe auswerfen und dadurch ein gutes Werk habe verrichten dürfen. Jetzt mag auf mich Schlucker immer hinzukommen, was da will: ich bin von ganzer Seele zufrieden mit mir selber, und ein Ruhegefühl beherrscht mich, mit keinem gesuchten und ungesuchten Wort vermag ich es auszudrücken. In der Hand oder Faust hielt ich einen dicken, mächtigen und offenbar imponierenden Strauß von frisch gepflückten Papierblumen, deren Duft mich bestrickte. Ich habe, nebenbei bemerkt, in Erfahrung gebracht, daß das Dutzend solcher Blumen seine sieben Pfennige kostet. Ein ebenso ehrlicher wie dummer Kellner, der immer «schön» sagt, wenn er einen Befehl bekommt, hat es mir unter geheimnisvollem Geflüster anvertraut. Ich bin mit Kellnern und dergleichen Volk immer sehr vertraulich. Dies nebenbei.

Was nun die Blumentage im allgemeinen betrifft, so müßte ich ein herzloser Wicht sein, wenn ich nicht den edlen Zweck sogleich anerkennen wollte, auf welchem sie beruhen, und ich springe deshalb auch so rasch wie möglich herbei und rufe laut aus: Ja, es ist wahr, Blumentage sind himmlisch. Sie sind durchaus nicht komisch, sondern sie tragen meinem Empfinden nach einen durchweg edlen und ernsten Charakter. Allerdings gibt es leider Gottes unter uns Kerls oder Mitmenschen immer noch ein paar vereinzelte und, wie es scheint, sehr eigensinnige Menschen, die es verschmäht haben wollen, an einem Frieden- und Freuden-Blumentag ihre Lust-Blume im Seelen-Knopfloch zu tragen. Daß doch solche Menschen recht bald eines Edleren und Bessern belehrt werden möchten. Ich selber, darf ich glücklicherweise aussagen, strahle an Blumentagen vor lauter blumiger und blümlicher Genugtuung, und ich bin einer der Verblümtesten unter den Verschönerten, Geschmückten und Beblümten. Mit einem Wort, ich bin an solch einem Pflanzentag wie eine schwankende, zarte Pflanze, und an dem in Aussicht stehenden reizenden Veilchentag werde ich, das weiß ich gewiß, wie ein bescheidenes und verborgenes Veilchen selber in der Welt auftreten. Einem großherzigen Zwecke zuliebe vermag ich mich sogar in eine Gänseblume zu verwandeln. Es stecke und klemme doch in Zukunft, möchte ich hiermit herzlich bitten, jedermann seine Butterblume zwischen die aufgeworfene oder finster zusammengebissene Lippe. Auch Ohren sind ja ein vortrefflicher Blumenständer. Am Kornblumentag hatte ich hinter meinen drei Ohren je eine Kornblume heften, und es kleidete mich ausgezeichnet. Entzückend sind wieder Rosen und baldige Rosentage. Sie sollen nur auf mich loskommen, diese ausgeprägten Tage, ich will mein Heim schon mit Rosen schmücken, und ich will mir, so wahr ich ein Zeitgenosse bin, der seine Zeit versteht, eine Rose in die Nase stecken. Auch für die Margeritentage kann ich mich recht lebhaft erwärmen, wie mich denn überhaupt jede beliebige Mode sogleich zum Knecht, Sklaven und Untertanen stempelt. Aber ich bin glücklich so.

Nun, solche Käuze, die keinen Charakter besitzen, muß es eben auch geben. Hauptsache ist: ich will mich meines bißchen Lebens, so gut und so lang ich kann, freuen, und wenn einer sich amüsiert, macht er von Herzen gern jeden Unsinn mit, aber jetzt komme ich auf das Schönste, auf die Frauen. Für sie, einzig für sie, sind ja die holdseligen Blumentage erfunden, komponiert und gedichtet worden. Wenn ein Mann in Blumen schwelgt, so ist das ein wenig unnatürlich; einer Frau hingegen steht es in jeder Hinsicht an, Blumen ins Haar zu stecken und Blumen an den Mann zu tragen. So eine Dame oder jungfräuliche Blume braucht nur zu deuten, zu winken, und sogleich werfe ich mich ihr zu Füßen, frage sie, indem ich am ganzen Leib vor Glück erbebe, wie viel sie kostet und kaufe sie ihr ab. Und ganz blaß im Gesicht, hauche ich einen glühenden Kuß auf das schelmische Händchen und bin bereit, das Leben für sie zu lassen. Jawohl, so und entsprechend ähnlich benehme ich mich an Blumentagen. Von Zeit zu Zeit, um mich zu erfrischen, stürze ich allerdings in die Schnellimbißhalle und schleudere ein Schabefleischbrötchen an Ort und Stelle hinunter. Ich schwärme für Schabefleisch, doch ich schwärme auch für Blumen. Ich kann ja nun schon für sehr viel schwärmen. Immerhin, es soll einer seine Bürgerpflicht tun, es soll keiner das Gesicht verziehen, und es soll sich einer nicht so vorkommen, als habe er das Recht, im stillen über die Blumentage zu lächeln. Sie sind Tatsache; Tatsachen aber soll man ehren. Wirklich?

HOSE

Es entzückt mich, über einen so zarten Gegenstand, wie Hosen sind, Bericht abstatten und in Betrachtungen versinken zu dürfen, und indem ich schreibe, breitet sich, wie ich empfinde, ein lüsternes Schmunzeln über mein ganzes Gesicht aus. Frauen sind und bleiben doch köstlich. Was nun die Hosenmode betrifft, die geneigt ist, alle Herzen und Gemüter zu erregen und höher schlagen zu machen, so leitet sie den ernsthaft denkenden Mann in allererster Linie auf das, was sie hervorhebt und mit Wichtigkeit umkleidet: auf das Bein. Das Bein der Frau rückt hierdurch gewissermaßen zum helleren Vorschein. Wer, wie ich, Beine von Frauen liebt, verehrt und bewundert, kann scheinbar füglich mit einer solchen Mode nur einverstanden sein, und das bin ich ja denn auch in der Tat, obgleich ich eigentlich wieder sehr für Röcke bin. Ein Rock ist edel und ehrfurchterweckend und hat etwas Geheimnisvolles. Eine Hose ist ungleich unzarter und flößt gewissermaßen der männlichen Seele einen Schauder ein. Andererseits wiederum: warum sollte das Grausen uns neuzeitliche Menschen nicht ein wenig anpacken? Es scheint mir, daß wir sehr nötig haben, aufgeweckt und aufgerüttelt zu werden.

Wenn es in der Welt aber lediglich nach mir ginge, was zu meiner großen Genugtuung bis heute glücklicherweise noch nicht der Fall ist (denn was sollte ich armer Mann dann anfangen?), so wäre die Hose bedeutend enger, derart, daß sich der Hosenstoff ganz nahe an das weiche schwellende Beinfleisch anpreßte oder, feiner gesagt, anschmiegte. Für mich würde das den Triumph der Mode bedeuten, und ich würde sterben oder doch wenigstens in Ohnmacht fallen vor Entzücken, wenn sich auf dem Gebiet der Damenbekleidungsfrage eine solche Wandlung vollziehen wollte. Immerhin, so scheint mir, ist schon viel erreicht, und wir auf die Seite geworfenen bedauernswerten Herren der Schöpfung dürfen mit Fug und Recht auf das, was noch kommen wird, gespannt sein. Wie ich mir einbilde, wird noch manches kommen. Es bereitet sich ja gegenwärtig ohne Frage ein Umschwung vor, wir Männer haben offenbar keinen Schneid mehr, infolgedessen übernehmen den Schneid jetzt die Frauen, und tatsächlich: bereits beginnen sie, in Hosen, die vorläufig allerdings noch Röcken ähnlich sehen, vor unseren Augen einherzutrampeln. Pluderhosen! Es hat etwas Asiatisches, etwas Türkisches, etwas, ich muß es gestehen, Reizloses. Türkenhosen und Türkenturbane haben für mich wenig Reiz. Aber es kann ja noch kommen, ich denke, daß die Hose der Entfaltung und der Vervollkommnung wird fähig sein können. Die Hose ist noch zu wenig bloß Hose. So, wie sie jetzt ist, bedeutet sie eine Zimperlichkeit. Sie ist wesentlich zu zaghaft, zu schamhaft. O Frauen, höret, ihr müßt, wenn ihr uns Männern ernstlich imponieren wollt, kecker, frecher und kompletter sein in euren hosigen, hösigen und höslichen Forderungen. Die Süßen! Sicherlich werden sie eines Tages noch ganz anders auf den Straßen und Plätzen einherhöseln.

Nochmals: um den Rock, der jetzt verschwinden will, ist es schade, und unser Kulturgefühl will sich empören. Wie? so fragt man, hat Paris keine Taillenideen mehr? Paris scheint ideenarm geworden zu sein. Um jenes wundervolle Sinnen- und Traum-Paris ist es jammerschade. Es gibt kein Paris mehr. Denn das ist es ja: der Hosenmode fehlt die Taille. Wenn es je Schönes und Sinnberückendes an der Frau gab, so ist dies doch einzig und allein die Taille, und gerade das Köstlichste fehlt nun. Zu einer Hose gehört unbedingt eine Taille. Da muß es mir so recht hineinschneiden und nach oben und nach unten hinzu muß es ausspannen. Es muß Spannung da sein. Gegenwärtig haben die Frauen gar keine Rücken mehr. Der wundervolle stark anschwellende, gleichsam geplättete Frauenrücken ist verschwunden. Es ist dies zu beklagen. Form! Die Frauen haben keinen gesunden Willen mehr zur Form; sie wollen nichts mehr vorstellen, und daß sie das nicht mehr tun wollen, ist der deutlichste Beweis, daß sie rebellieren, daß sie uns Herren und Gebieter verachten. Wem ich zu gefallen bemüht und bestrebt bin, den empfinde ich als Gebieter. Es liegt nur zu klar auf der Hand. Solches und Ähnliches also ist das vielsagende Geheimnis des Hosenrockes: Rebellion, Auflehnung, Vergleichung und Standpunkteinnehmung. O kläglich, o jammervoll. Männer, Männer, ihr habt da eine schnöde Niederlage erlitten.

Doch leise ins Ohr geflüstert: in die Niederlage wird auch die Hösin, die Frau, mit hineingerissen, und die große, bedenkenerregende Niederlage für beiderlei Geschlechter lautet: Verminderung des Anziehenden! Die Frauen wollen sich unglücklich machen, dadurch, daß sie die Männer zwingen, Kameraden und Hosengenossen in ihnen zu erblicken. So, scheint es, sei es, und das sei sehr trist, sagt uns das Herz. Außerdem streift die Höselei sehr nahe an das Problem der politischen Frauenmobilmachung. In Hosen steht es den Armen bedeutend besser an, zur Wahlurne zu schreiten. Die Betrogenen, ach, die Armen, wenn sie nur wüßten, wie herzzerreißend langweilig es ist, stimmberechtigt zu sein. Sie wollen die Mörderinnen ihrer selber sein. Sei es! Jedem ritterlich gesinnten Mann bleibt weiter nichts übrig, als verzweiflungsvoll die Hände über den Kopf zusammenzuschlagen und zu wünschen, daß ihn der Schlag treffe. Dies ist die Quintessenz und die Folge der Hose. Fürchterlich!

ESSEN (I)

Kalbsfricandeau ist etwas Furchtbares. Bœuf à la mode ist schrecklich. Käse zu Tee ist herrlich. Es gibt Leute, die gern Bratkartoffeln mit Käse zusammen essen. Maccaroni? Sie sind mein Leibessen. Aber sie müssen ganz mit

Käseduft durchtränkt sein. Der Käse muß da triefen. Eine Küche interessiert mich eigentlich sehr, und es ist wahrscheinlich ein Koch oder Küchenchef an mir verloren gegangen. Ich würde da gedichtet haben, viel besser und viel wohlschmeckender wie mit der kalten spitzigen Stahlfeder. Ich würde einen Herzog haben zufriedenstellen können.

Warum bin ich eigentlich so stark eingenommen fürs Essen? Leute essen sehen ist für mich ein Genuß. Wie hübsch Katzen übrigens Milch lecken. Meine Katze hat immer mit mir zusammen aus einem Teller gegessen. Sie hat mir die besten Bissen mit ihrer schwarzen Pfote vor der Nase weggenommen. Wehren konnte ich es ihr nicht; es war mir unmöglich, sie für ihre Ungezogenheit zu bestrafen. Pferde fressen auf eine sehr liebe Art. Wie mancher Mensch ißt viel weniger schön. Meine Gedanken führen mich auf echte Kieler Sprotten. Als ich zum erstenmal Sprotten aß, befand ich mich wie im Himmel. Heute stehen sie bei mir ziemlich tief im Kurs. Roher Schinken ist immer ein gesundes Essen, gekochter ist zu schlüpfrig. Auf Süßigkeiten bin ich nicht erpicht, jedoch auf gestrichenes oder geschmiertes Brot ohne Beilage. Aber es muß Landbrot sein. Stadtbrot ist zu oberflächlich gebacken; es hat meist keinen Charakter.

Für ganze Mittagessen, namentlich wenn sie stilvoll serviert werden, kann ich schwärmen. Aber göttlich ist es, in einer einfachen Budicke einen Brathering zu sich zu nehmen. Würste, wie Bockwürste, Bierwürste, Wienerwürste schlagen zu sehr ab und stoßen zu sehr auf. Man fühlt sich vergröbert. So etwas soll man vermeiden. Knusprigen Rinderbraten kann man mir dagegen jeden Augenblick in den Mund stecken und zu verzehren geben; er soll nur gehörig mit Speck gespickt und von Sauce umschwommen sein. Bisweilen genehmige ich auch ganz gern Salzkartoffeln. Wer eine Kartoffel so zu kochen versteht, daß sie eine lockende Nahrung für sich darstellt, beweist, daß er Sinn für die Kochkunst hat. Diese Kunst hat ja nun ihre Gipfel, ihre Lorbeerblätter, wie jede.

Von den Gipfelstücken und Kronjuwelen dieser Kunst zu reden, würde mir schwerlich glücken, da ich bis zum heutigen Tage ein armer Mann geblieben bin und infolgedessen wenig oder keine Gelegenheit habe, zu essen, was Würdenträger und Staatsmänner versorgen. Ich esse und vertilge ungefähr das, was die Menge herunterwürgt. Doch was habe ich da von Würgen und Stopfen zu reden. Ein Stück richtiger Schweinebraten ist und bleibt ein ehrliches Essen. Was das Volk ißt, kann ich ebenfalls essen, wie z. B. Sülze. Sülze schmeckt ganz vortrefflich. Ich finde zwar auch Fasan ganz gut, aber eine Linsensuppe ist mir lieber.

EIN SCHAUSPIELER (I)

Sehr interessant ist der abessynische Löwe im Zoologischen Garten. Er spielt Tragödie, und zwar auf die Weise, daß er zugleich schmachtet und rund wird. Er verzweifelt (namenlose Verzweiflung) und hält sich zugleich hübsch fett. Er gedeiht und quält sich zugleich langsam zu Tode. Und dies vor den Augen eines zuschauenden Publikums. Ich selbst habe vor seinem Käfig sehr lange gestanden, habe meine Augen gar nicht abwenden können vom Königsdrama. Hier übrigens eine Nebenbemerkung:

ich möchte meinen Beruf wechseln, wenn das rasch und leicht ginge, und Tiermaler werden. Ich würde mich am eingesperrten Löwen satt malen können. Hat der verehrte literarische Leser schon so recht aufmerksam ein Elefantenauge angeschaut? Das sprüht von Vorweltkoheit. Doch horch! Was brüllt da? Ah, es ist unser Dramatiker. Er ist sein eigener Dichter und sein eigener Spieler. Obwohl er manchmal ganz fassungslos scheint, verliert er nie die Fassung, denn die Würde ist ihm angeboren. Also Würde und zugleich Wildheit. Man denke sich das: wie schön, wie groß das ist, wenn er schläft. Aber wir wollen ihn sehen, wenn er die Fütterungsstunde wittert. Da sinkt er zum ungeduldigen Kind herab, verliebt in die Vorstellung des herannahenden Fraßes. Da hat er dann wenigstens etwas zu tun, er kann frisches Fleisch zerreißen. Er kann so recht fressen. Wie solch ein eingesperrtes Tier den Wärter merkwürdig kennen, ganz gewiß auch auf so eine Art – lieben muß. In der Ruhe, wie göttlich ist er da. Er scheint sich zu härmen; er scheint ganz bestimmte Gedanken zu haben, und ich möchte schwören, er sei in schöne, in erhabene Gedanken versunken. Hast du dich von ihm schon einmal anschauen lassen? Versuch es, und lenke einmal seinen Blick auf dich. Er hat einen Götterblick. Aber wie ist er erst dann, wenn er unruhig, seine Fürstenkraft an die Käfigwände schmiegend, im Gefangenenzimmer hin und her geht. Immer hin und her. Hin und her. Stundenlang. Welch eine Szene! Hin und her, und der mächtige Schweif peitscht den Boden.

GRÜN (I)

Man begreift es nicht, man vermag es kaum zu fassen, es ist erschreckend, es ist etwas Unheimliches, etwas beinahe Überwältigendes. «Hat es einen Sinn?» fragt man sich. Beinahe sinnlos ist es. Es betäubt, es macht den Verstand schwindeln. Es tut den Augen, dem Herzen weh, es beklemmt und bestürzt die Seele. Farbe, Farbe. Keine andere Farbe ist vielleicht so sehr Farbe, wie diese. Keine zweite Farbe blendet so sehr. Grün, grün. Wohin man blickt: Grün. Die Einfälle, die Gedanken, die Regungen der Seele nehmen eine heimliche Verwandtschaft mit dem Grün an und arten in Grün aus. Die Gesichter sind beinahe grün. Es hat etwas Rätselhaftes, Aufregendes, Grauenhaftes. Nein, nein, es ist nicht so einfach; um den modernen Menschen herum ist überhaupt nichts mehr so einfach. Täuschen wir uns nicht, gehen wir nicht mit bleichen, kranken Scherzen über Dinge hinweg, die uns erschüttern, die uns die Ohnmacht, in welcher wir immer, immer leben, eindringlicher fühlen machen. Grün, grün. Aus dem Boden hervorquillt es dick. Es ist geradezu entsetzlich. Es lähmt, macht auf Minuten krank, der Kopf steht still, und die Seele will aufschreien, will aus ihrer Befestigung, dem Körper, herausbrechen. Blau ist sittsam und sanft. Es gibt auch im Herbst und im Winter ein Blau. Aber grün? Warum grün? Warum, warum so schrecklich, so köstlich, so herrlich grün? Es brennt. Grün: das brennt. Die Welt im Frühling ist ein Brand in grün. Grün ist eine Raserei von Farbe. Hochauf bäumt es sich, lang streckt es sich aus. Man ist kein Mensch mehr. Man weiß nicht mehr, was und wer man ist. Es tobt, es zürnt, es quillt, es lodert. Grün ist eine fürchterlich ernste, heilige Farbe. Eine grauenerregende Farbe, eine mahnende, fragende Farbe, eine göttliche Farbe. Weiß, zum Beispiel, lächelt, gelb streichelt. Warum gibt es schwarze und weiße Katzen, und nicht grüne? Ach ja, und warum schillern manchmal Augen grün? Grün kriecht über Nacht aus dem Innern der Erde, schlägt überall, überall, einer dunklen Ahnung ähnlich, hervor. Wie ist Grün gebieterisch.

Grün sei die Farbe der Hoffnung? Jawohl, gewiß, ganz gewiß. Doch man versuche es, zu hoffen ohne je zu erzittern und zu erschauern. Dicht neben, oder vielmehr, mitten drin in der Hoffnung lebt finsteres hoffnungsloses Bangen und Verzagen. Es gibt keine Farbe auf der Welt, die so sehr Einsamkeit und Planeten-Verlorenheit ausdrückt wie Grün. Grün ist der Ruhm der Welt. Grün ist die größte, feierlichste Farbe. Es ist der Farbenanfang, der Inbegriff, der Stolz der Farben. Grün ist die Seele der Farben. Und dann: warum ist es nicht ein wenig heller? Es könnte ja matter, leichter sein. Aber nein, nicht hell, sondern düstersatt, samtig dunkel, wie ein Weltenzorn, tritt es auf und leuchtet und schillert und blendet uns entgegen. Warum ist man im Frühling so krank, so matt, so frauenhaft auf das Weiche und Zärtliche gestimmt, so tatlos, so phantasielos. Grün erstickt die Phantasie, weil es selber eine Phantasie ist. Grün ist der Räuber der menschlichen Energien; hat nicht Napoleon sich vor dem Frühling gefürchtet? Nicht? Nun, dann bilde ich es mir vielleicht nur ein, denn auf mich wirkt es wie eine Lähmung, derart, daß ich mich in eine Katakombe zurückziehen möchte, um nur dem erschreckend süßen Anblick zu entgehen. Ich fürchte mich im Winter nie vor mir, im Herbst habe ich geradezu goldenes Zutrauen zu mir selber, aber im Grün, um Gottes willen, hinein in die erstbeste Kneipe, trinken, trinken. Grün tötet. Blühen, Knospen. Wozu? Man versteht es nicht. Ich weiß es jetzt, weiß es jetzt ganz genau, daß ein blühender Frühling auf den Menschen, je länger er lebt, einen immer stärkeren Eindruck macht; da wird es ganz naß, da schwimmt es vor lauter Grün, und alle Menschbeschäftigungen kommen einem so sonderbar vor, beinahe wie ein klarübersichtlicher Irrsinn. Es ist ja in der Tat auch etwas Irrsinniges am Grün; und Blühen: was ist es anderes als eine Art Irrsinn? Flimmern ist Irrsinn. Schon recht. Man wird sich ja natürlich, als der Mensch von Verstand, der man ist, damit abzufinden wissen. Hier wollte ich eine Illustration liefern, eine Verkörperung, eine Verherrlichung. O, es gibt Träume, die ganz dunkelgrün sind, von Spuren Rot durchzogen, von Blau umsäumt, so, als sei unser Denken und Dichten blau, unser besseres Wollen rot und unser Leben unaussprechlich grün. Ja, Grün ist – Leben, Grün ist Lieben. Es mißfällt oft. Es entzückt und entsetzt zu gleicher Zeit, und es wird von Tag zu Tag wilder und üppiger. Nach und nach, gegen den Sommer, läßt es an Tiefe ab. Man gewöhnt sich daran. Dann geht man unter den reichen blätterflüsternden Bäumen wie unter Dächern spazieren. Der Staub nimmt ihm auch viel von seinem tiefen Glanz weg, und mitten in großen Städten rauschen und wispern im Hochsommer die Blätter, die dann ganz grau und fahl sind, als seien sie von Eisen.

BEDENKLICHES

Wie doch die Menschen einander das Leben unklar und schwer machen. Wie sie einander herabsetzen, zu verdächtigen und zu verunehren bestrebt sind. Wie doch alles nur geschieht, um zu triumphieren. Was sie zu tun unterlassen, daran sind Äußerlichkeiten schuld, was sie verfehlen, das haben sie nie selbst verbrochen. Immer ist der Nebenmensch nur ein Stein im Weg, immer ist die eigene Person das Beste und Höchste. Wie man sich Mühe gibt, sich zu verschleiern, in der Absicht, weh zu tun. Wie sehnt man sich oft nach offenkundigen, ehrlichen Grobheiten. Das Herz tönt wenigstens in den Wutanfällen. Sonderbar ist, wie wenig ernst die Menschen einander nehmen, wie sie tändeln im Ton der Mißachtung mit dem Edelsten, Kostbarsten und Bedeutungsvollsten. Und wie sie nie ermüden, zu nörgeln, wie sie nie auf den einfachen Einfall kommen, zu hoffen, es gebe Großes, Gutes und Redliches auf der Erde. Daß die Erde das Ehrenwerte sei, will ihnen, so einleuchtend das auch ist, niemals einleuchten. Nur vor ihren eigenen Tändeleien empfinden sie den Respekt, der der Welt, dieser Kirche voller Majestät, gebührt. Wie sie ernst nehmen, was sie sündigen, wie sie noch nie, solange sie erwachsene Menschen sind, geglaubt haben, etwas Feineres und Beherzigenswerteres könne existieren, als sie selber. Wie sie das Unanbetenswerte immer und immer wieder anbeten, das uralte goldene Kalb, das ausdruckslose Scheusal, wie sie emsig glauben ans Unglaubwürdige. Die Sterne bedeuten ihnen nichts, sie meinen, das sei etwas für Kinder; doch sie, was sind sie anderes als unartige Kinder, versessen in das, was man nicht tun soll. Wie sie Angst um sich herum zu verbreiten wissen, im Bewußtsein, daß sie sich selber immer ängstigen vor irgend einem dunklen, dummen und dumpfen Etwas. Wie sie sehnsüchtig wünschen, nie Dummheiten zu begehen, während doch gerade dieser unedelherzige Wunsch das Dümmste ist, was unter der Sonne empfunden werden kann. Sie wollen die Klügsten sein und sind die denkbar Elendesten. Der Dieb hat etwas begangen, er hat sich verleiten lassen, etwas Unerlaubtes und Schlechtes zu tun, sie aber haben nie etwas begangen, weder etwas Gemeines und Abscheuliches, noch etwas Gutes und Zartsinniges, und sie nehmen sich fest vor, nie etwas zu begehen, was Aufsehen erregen könnte. In der Tat, sie geben zu Bedenken Anlaß.

Wie sie sich verkennen in der engbegrenzten Überzeugung, mehr wert zu sein als der andere. Ganz naiv nennen sie sich gebildet, die hochgestülpte Nase rümpfend übereinander. Die Armen. Wenn sie wüßten, wie ungebildet und ungeschult der Hochmut ist, wie schlecht erzogen man ist, beherrscht von der Unfähigkeit, sich selbst zu beurteilen. «Komm, wir wollen zusammen Reue empfinden gehen, an einem Ort, wo es still ist, all des Anmaßenden und Lieblosen wegen, von dessen Herrschaft wir uns nicht losreißen können.» So würde der Mensch reden, wenn er einen Hauch Bildung spürte. «Willst du mitgehen? Ein Tempel wird dastehen, ein heiliger, unsichtbarer. Komm doch. Du wirst sehen, es wird dir Vergnügen machen und uns beiden wird es wohl ums Herz tun!» So oder ähnlich würde ein Mitmensch zum Mitmenschen reden. Was sind sie für Barbaren, die von Kultur reden, von all dem Vortrefflichen, von dem Schönen, das ihnen immer fremd bleiben wird, solange sie sich nicht entschließen können, es zu üben. Wie ist Übung und Bewegung ihnen fern. Immer reden, reden und reden sie, und sinken doch gerade dadurch immer tiefer in die Mitternacht der Unfeinheit hinunter, denn nur das Tun ist fein; das Gerede ist finster und unsauber wie die Hölle. Wie verlieren sie ihre Zeit und den goldig-leichten, flüssigen Wert ihres Daseins mit stundenlangem Zubringen an Orten, wo sie sich die Ohren und die Gemüter müde reden über Dinge, die der vernünftige, arbeitsame Mensch in der Eile bedenkt und beschließt. Sie wollen offenbar, indem sie reden, über gewisse Bedeutungen ins reine kommen, aber das werden sie nie. Nein, sie wollen das auch gar nicht, sie wissen ganz genau, daß sie sich einer Rede-Schlemmerei hingeben. Sie schlemmen eben. Schlemmen aber kann nichts anderes sein als eine Greulichkeit; Sünde, begangen an den Eltern und an den Kindern; Unrecht, begangen an jedem Mitlebenden; Greuel, begangen an sich selber. Die Nächte, die heiligen Tempel im Leben, wie unsagbar werden sie entwertet, entehrt und entheiligt durch Phrasen wie die: «Kommen Sie, wir gehen rasch noch da und da hin!» Der Gebildete, er muß immer rasch noch da und da hin gehen, warum, das weiß er wahrhaftig selbst nicht. Wie sind sie stets auf der Jagd nach Genüssen, die der Neger verachtet, nach Abwechslung, worüber das Kalmückenweib voller unausdenkbarer Verachtung die Schulter zuckt. Wie empört stellen sie sich gegenüber der Zumutung, ein wenig gelassen dem Wandel der Wochen zuzuschauen, in der Stille sich eine Andacht vernünftiger, lieblicher Art zuzubereiten oder – ganz einfach – in die Kirche zu gehen. O bei Gott, dem Unüberwindlichen, die Kirche kann den Menschen das Furchtbare, das sie auf dem Gewissen hat, vergessen machen und ihn locken zur Unterwerfung. Es ist nachgerade genug all der Leerheiten, Widerlichkeiten, Seelen- und Herzlosigkeiten auf seiten dieser schwatzhaften Moderne.

Und wie leiden sie. Man muß unter ihnen gelebt haben, man muß die Torheiten, denen sie huldigen, und deren abgerupfte Reize weder den Geist noch die Sinne beleben können, mitgemacht haben, um zu verstehen, wie sie leiden. Ihr Trost ist, daß sie den Ton in der Welt angeben. Welch ein Trost. Ihr Stolz ist, in der Presse genannt zu werden. Welch ein Stolz. Ihr Triumph ist, an der Spitze dessen zu stehen, was man Fortschritt zu nennen liebt. Welch eine Errungenschaft. Und daneben sieht man diese ermüdeten, welken, halblebendigen Männer, diese seelenvollen Frauen, deren ganze Seele zerfressen und zerstört ist von wütenden, hoffnungslosen, halb irrsinnigen Unzufriedenheiten. Arme an der Spitze der Bildung stehende und tändelnde Frauen, unbeneidenswerte Männer, verarmte Menschen. Und halb geben sie es zu, daß sie verarmt sind. Aber wodurch sind sie so arm? Es sind liebe Menschen. Ja wahrhaftig. Aber warum sind gerade sie so unzuverlässig, so verstimmt, verwelkt und verdrossen? Auch dies gibt zu Bedenken Anlaß.

Geister und Götter reden nicht mehr zu ihnen. Auf lauter Sinnenlust und -kram fußt ihr Leben, das sich auf Vernunft und festen Gedanken an ein Höheres gründen sollte. Auf Emporkommen will es sich gründen, aber dieses leere Steigen von Stufe zu Stufe ist kein gerechter, ehrenwerten Grund und Boden. Mit dem Emporkommen müßte wackeres edles Wesen fortschrittlich verbunden sein, aber das ist durchaus nicht der Fall, das Gegenteil ist der Fall: die Zerklüftung, Zerflatterung und Zerfaserung. Da hoch oben, da ist nichts mehr. Den oberen Regionen ist sonderbarerweise die Entfaltung untersagt. Man kommt nicht weiter, und daher heißt es zurückgehen – auch das gibt zu Bedenken Anlaß.

DRAMA

Man leidet ja, wie ich mir einbilde, vornehmlich an der Gleichartigkeit, und wir Menschen begehen vielleicht die größte Sünde dadurch, daß wir zu wenig verschieden sind und uns nicht lebhaft genug gegenseitig interessieren. Je klüger wir zu werden meinen, desto mehr machen wir uns uninteressant, und hierin liegt ein Bruch des menschlichen freundnachbarlichen Lebens. Da lieben sie einander und begraben einander unter den Schutt und unter den Dampf einer tödlichen Langeweile. Und vergeblich fragen sie sich, wie das möglich ist, und wie das alles so hat kommen müssen. Sie sind alle so schrecklich gleich, und Frauen und Männer, was sind sie viel Unterschiedlicheres als Teilnehmer derselben verflachenden und ermattenden, schöngeistig angehauchten Geselligkeit. Der Zauber des entgegengesetzten Geschlechtes wird abgerieben durch die mitten im guten Ton herrschende, nach allen Seiten hin spielende und springende Sittenlosigkeit, und was von Mann und Frau übrig bleibt, ist eine gemeinsam empfundene häßliche Angst vor der Leere, Unreinlichkeit und Bedeutungslosigkeit der Tage, die da gehen und kommen. Die Ehen sind vielfach Gräber, und das Entzücken verwandelt sich in trübende, murmelnde, erbleichende Gleichgültigkeit. Und Kinder sind wir. Ungezogenheit spielt die wichtigste Rolle. Und deshalb, ja deshalb sind die Menschen uninteressant. Sie sind uninteressant, weil sie ungezogen sind. Die paar

Dummheiten und Schlechtigkeiten, die wir uns gegenseitig mit einem fürchterlichen kreisähnlichen Kehraus und Kehrein offenbaren, sind null und nichts im Vergleich mit den Herrlichkeiten, die im wahrhaft gebildeten und schicklichen Menschen wohnen. Die Albernheit und die Herzlosigkeit haben einen glanzlosen Blick und ein in jedem Sinn fades und langweiliges Benehmen. Wir sterben und entmenschen an unsern Trägheiten, und was wir uns erdreistet haben zu verlachen, Sitte und Ordentlichkeit, sind die Träger jeder hohen Kultur und die Blüte eines jeden schönen und interessanten Lebens gewesen. Warum langweilen wir uns? Weil wir nicht tapfer sind. Warum sind wir uninteressant? Weil wir schlecht sind. Warum sind wir uns gegenseitig unerquicklich? Weil wir keine Sitte und keine Art haben.

MÄRCHEN (I)

Es war einmal ein Kaiser, scheinbar einer der mächtigsten Fürsten, die es jemals gegeben hat, aber der Kaiser war krank, und zwar, wie wir gar nicht zweifeln, deshalb, weil der Raum der Zeit, in der er lebte und regierte, krank war. Nichts war den Leuten mehr heilig; das Volk besaß keinerlei Ideale mehr; dem Kaiser aber, als einem, wie sollen wir sagen, Spät- oder Zuspätgeborenen, war es ein sicheingegrabenes, unausrottbares Bedürfnis, Heiligtümer aufzustellen. Die weithin reichende Macht, die der Kaiser besaß oder zu besitzen schien, war so auf eine schreckliche, unbegreifliche Art tot. Er selber, der Herrscher, fing nichts mit derselben an, konnte nichts, durfte nichts mit derselben anfangen. Auch die Macht war krank.

Kein Wunder, daß es dem Besitzer dieser Macht weh um die Seele war. In des Kaisers Augen blitzte oftmals der Zorn auf über das Verhängnis, dem er mehr und mehr verfiel und das ihn nötigte, sich wie ein Geschäftemacher zu benehmen, wo er hätte mögen ein Ritter und Fechter sein. Es war nämlich in der Welt schon so weit gekommen, daß die Nation, die am meisten Profit machte, als die erste galt, und die Staatsoberhäupter sollten nur noch die Rolle von Geschäftsführern spielen. Hierzu mangelte es nun der armen Majestät an beinahe allem Verständnis. Der Kaiser, der vielmals davon geträumt hatte, der Held seines Volkes zu werden, sah sich verlassen, und seine Gattin, die edle Kaiserin, mußte weinen, wenn sie dachte, wie sehr alles Schöne von ihnen weggestoßen sei. Aber auch im Leben gab es nichts Schönes mehr. Es war wie eine Rache des Himmels. Die schamlosesten Profitmacher regierten in den Gegenden und Umgegenden, und das Land, so sehr auch der Handel gedeihen mochte, glich einer Wüste.

ANHANG

NACHWORT DES HERAUSGEBERS

Dieser Band enthält die kleine Prosa Robert Walsers, die bis zum Ende des Jahres 1912, d. h. überwiegend während seines etwa siebenjährigen Berliner Aufenthalts, entstanden ist und die keinen Eingang in die von ihm selbst herausgegebenen Buchausgaben gefunden hat. Er leitet damit innerhalb der «Sämtlichen Werke in Einzelausgaben» die insgesamt sechs Bände umfassende postume Edition der Kleinprosa ein.

Einen «Shakespeare des Prosastücks» soll der Schweizer Literaturkritiker Max Rychner Robert Walser einmal genannt haben – und der nahm die ihm hinterbrachte Apostrophierung nicht unzufrieden auf: «Ehe ich gar nichts Shakespearsches besäße, würde ich mit dem ‹verkrüppelten Shakespeare› gern vorlieb nehmen». («Der verkrüppelte Shakespeare», SW Bd. 19, S. 146; vgl. auch die Anm.) Tatsächlich ist das Prosastück Walsers ganz eigenes und sein eigentliches literarisches Medium, ein Genre, das sich zunächst nur durch das kleine Format definiert. Von einer Gattung kann man kaum sprechen, dafür ist es zu vielgestaltig: bald erscheint es als Glosse, bald als Kurzgeschichte, es berichtet, beschreibt und erörtert, die Phantasie schwelgt darin, Märchengeister werden beschworen, manche Texte nähern sich dem Gedicht, andere dem Traktat, auch die Tagebuchnotiz, der Brief, das Gespräch, die kleine Szene sind zeitweilig beliebte Unterformen, und im übrigen gibt es dazwischen alle Arten von Übergängen, Mischungen und Kombinationen. Zu den Vorbildern des Walserschen Prosastücks gehört der Schulaufsatz, den er parodistisch nachbildet, gehören aber auch die Predigt, das Vortragsstück, der dramatische Monolog als spezifisch rhetorische Formen, und schließlich kommt das Prosastück natürlich von dorther, wohin es wieder eingeht als literarische Tagesware mit einer bestimmten Gebrauchsfunktion: es ist Feuilleton, freilich ein zuweilen sehr eigenwilliges.

Robert Walser hat auch Romane geschrieben, mindestens sieben (von denen uns nur vier erhalten sind), einige längere Erzählungen, außerdem viele Gedichte und einige Dramolette; warum er aber vor allem und im Laufe der Zeit zunehmend Prosastücke hervorbrachte, ist eine Frage, auf die es keine einfache Antwort gibt. Er selbst verwies, immer wieder mit der Forderung nach Romanen und Novellen konfrontiert, schlicht auf die Eigenart seines schriftstellerischen Vermögens oder auch Unvermögens: «Ich ging seinerzeit vom Bücherverfassen aufs Prosastückschreiben über, weil mich weitläufige epische Zusammenhänge sozusagen zu irritieren begonnen hatten», heißt es in dem späten Text «Meine Bemühungen» (SW Bd. 20, S. 428 f.). Er deutete aber auch auf den Zustand von Kultur und Gesellschaft, auf den er mit der Sensibilität eines Seismographen reagieren mußte, auf die «nach und nach Wirklichkeit gewordene Zivilisationszentralisation oder Gebildetheitsausgebildetheit»: «Auch ich bin in die Reihe der behaglich referierenden, stattlich und umständlich Vielerlei erwägenden, in die Höhen des Denkens greifenden und kletternden und die Tiefen des Betrachtens hinunterrutschenden, studierenden Gelehrten nicht vollständig unähnlichen, belletristischen Autoren getreten, auch mir ist es, wie manchen andern, die einst keck und fröhlich gestalteten, je länger, je schwieriger geworden, französisch gesagt, leger zu sein, oder mit andern Worten gesprochen, nicht zu weit in einen immer verhältnismäßig zu umfangreichen Kreis hinauszublicken . . . Da sich das Leben, wie ich gesehen zu haben und fernerhin sehen zu können meine, gleichsam in etwas Versuchshaftes, vorsichtig Tastendes verwandelt hat, so geschah dies im Verlauf der letzten Jahre mehr und mehr auch mit der Schriftstellerei, die ein Lebensparallelismus war und bleiben wird.» («Brief an einen Besteller von Novellen», SW Bd. 20, S. 425 f.)

Diese und ähnliche Äußerungen, etwa auch die selbstverletzende Pointierung des Rychnerschen Diktums zum «verkrüppelten» Shakespeare, suggerieren, das Prosastück sei eine Art literarisches Zerfallsprodukt und Walser sei erst im Laufe einer mehr oder weniger krisenhaften Entwicklung dazu gekommen, sich in das «Schneckenhaus der kleinen Form» zurückzuziehen. Aber das Werk belegt das Gegenteil: tatsächlich war das Prosastück lange vor dem ersten Roman da, und es ist häufig bemerkt worden, daß es auch unter der lockeren episodischen Struktur der Romanerzählungen durchschimmert, die es zugleich trabantenhaft begleitet mit motivlich verwandten Texten. (Andererseits schrieb Robert Walser sechzehn, achtzehn Jahre später in Bern noch Romane.) Wir müssen es also als die – neben der Lyrik – ursprüngliche Form seiner kreativen Selbstäußerung erkennen und verstehen.

Dafür müssen wir uns Robert Walsers Arbeitsweise zu vergegenwärtigen versuchen, die anders war als die der allermeisten Autoren. Was wir an Selbstaussagen und Zeugnissen dazu besitzen, was wir aus den erhaltenen Manuskripten und Entwürfen, Daten und Zusammenhängen erschließen können, belegt immer wieder dies: die Spontaneität war für ihn die Bedingung künstlerischer Arbeit schlechthin. Das in einem Zug hingeworfene Prosastück, als Frucht eines augenblicklichen Einfalls und eines Zustandes höchst angespannter Sensibilität und Kreativität, in dem er ausgeführt wurde, war dafür, je länger, desto gewisser, die gegebene Form. Eine gewissermaßen organische Zeiteinheit, die erlebte Dauer intensiver Konzentration, bot den Rahmen, in dem eine Idee, eine Imagination die absichtslos spielerische und zugleich genau kalkulierte Organisation eines Textes bewirkten.

In seinen jüngeren Jahren, jedenfalls während des ganzen Zeitraums, in dem die Texte des vorliegenden Bandes entstanden, schrieb Robert Walser immer sogleich die endgültige Fassung seiner Arbeiten nieder – auch bei den Romanen. Von «Geschwister Tanner» und «Der Gehülfe» ist bekannt, daß sie jeweils in wenigen Wochen entstanden, bei dem ersten Roman ist in der Gliederung des Manuskripts auch noch das Gitterschema zu erkennen, das sich der Autor bei dieser ersten großen Prosaarbeit vorgab: er hatte sich offensichtlich vorgenommen, zweimal zehn Kapitel zu je zehn Manuskriptseiten Umfang zu schreiben (vgl. das Nachwort zu «Geschwister Tanner», SW Bd. 9), und man geht kaum fehl, wenn man in jedem dieser Kapitel ein «Tagwerk», entsprechend einem großen Prosastück, sieht. Dem in insgesamt 55, allerdings viel kürzere Abschnitte gegliederten Inhalt von «Fritz Kochers Aufsätze» hatte offenbar bereits ein ähnliches Formatkalkül zugrunde gelegen, und auch für die späteren Romane bis hin zum «Räuber» von 1925 ist anzunehmen, daß sie zumindest in ähnlich additiver Weise aus prosastückartigen Grundeinheiten entstanden.

Daß Robert Walser wohl schon in seinen Bieler Jahren dazu überging, seine Texte erst mit Bleistift zu entwerfen und sie dann, Details des Ausdrucks noch mehr oder weniger variierend und bearbeitend, erst in die Reinschrift zu übertragen, widerspricht dem oben Gesagten nicht, bestätigt es vielmehr – die «Bleistiftmethode» war das Resultat einer schweren Krise, die sich am Ende der Berliner

Zeit bis zur physischen Unfähigkeit, mit der Feder zu arbeiten, gesteigert hatte, sie gerade rettete die Spontaneität spielerischen Schaffens, indem es in die Unverbindlichkeit und Vorläufigkeit des Entwurfs zurückgenommen wurde. Davon abgesetzt vollzog sich dann die Fleißarbeit des kritischen Auswählens unter den Entwürfen, des Abschreibens und Ausfeilens. (Vgl. hierzu «Bleistiftskizze», SW Bd. 19, S. 119, und Anm. dazu, sowie die von Bernhard Echte und Werner Morlang herausgegebenen Texte aus den Entwürfen «Aus dem Bleistiftgebiet», 2 Bde., Frankfurt a. M. 1985.) Auch daß Walser während einiger Bieler Jahre seine Texte Satz für Satz stilistisch bearbeitete, ehe sie in Buchausgaben zweitgedruckt wurden, daß er später gelegentlich separate Entwürfe zu Montagen verband oder daß er schon in seiner Frühzeit manche Gedichte in Details des Wortlauts nachträglich variierte, ändert nichts daran, daß sich das eigentliche Schreiben bei ihm als spontaner Akt, in einem einzigen Anlauf, häufig fast wie ein automatisches Notat vollzog. Und das Prosastück war das natürliche Produkt dieses kreativen Prozesses, der in sich episodisch gegliedert war – in Tage, zuständliche Erlebniseinheiten, schriftstellerische Sitzungen.

Diese kaum von traditionellen Auflagen vorbelastete Form erlaubte das Improvisieren. Auf kleiner Fläche konnte eine Vielzahl von Beziehungslinien gebündelt werden. Hier ließ sich im Skizzenhaften, Fragmentarischen eines kleinen Sprachkunststücks, oft mit Aspekten des Rollenspiels oder des Parodistischen, mit Anspielungen und verdeckten oder offenen Zitaten, mit ironischen Tönungen oder auch mit einer eher musikalischen Behandlung des Wortmaterials ein schwebender Zustand festhalten, ein Aspekt von Leben und zugleich eine Vision von Freiheit materialisieren. Die Totalität von Welt im Nukleus einer momentanen Impression, das Geflecht sozialer Beziehungen erfaßt in einer flüchtigen Geste, die Kultur und der historische Prozeß in ein befremdendes Bildchen gebannt, Bewußtsein als Sprachspiel auf verschiedenen Ebenen, und dies nun fortgesetzt als Kette punktueller Äußerungen ästhetischer Erfahrungsweisen – so oder ähnlich ließe sich vielleicht das Projekt einer poetischen Existenz beschreiben, das hinter diesem Werk von Prosastücken steht. Daß es in all seiner Verstreutheit und disparat buntscheckigen Vielfalt insgesamt eine Einheit darstellt, hat Walser selbst einmal so betont: «Ich weiß, daß ich eine Art handwerklicher Romancier bin ... Meine Prosastücke bilden meiner Meinung nach nichts anderes als Teile einer langen, handlungslosen, realistischen Geschichte. Für mich sind die Skizzen, die ich dann und wann hervorbringe, kleinere oder umfangreichere Romankapitel. Der Roman, woran ich weiter und weiter schreibe, bleibt immer derselbe und dürfte als ein mannigfaltig zerschnittenes oder zertrenntes Ich-Buch bezeichnet werden können.» («Eine Art Erzählung», SW Bd. 20, S. 322)

Was immer sie für den Autor waren – für den kulturellen Verwertungsbetrieb waren Walsers Prosastücke Kleinware, die sich mehr oder weniger eignete, «unter dem Strich» abgedruckt zu werden, in der kleingesetzten Glossenrubrik von Zeitschriften und im Feuilleton von Zeitungen. Zuerst nicht ohne Skrupel und Vorbehalte, später dann, der Not gehorchend, mit routiniertem Fleiß beschickte Walser die Redaktionen nah und fern. «Zehn Jahre lang schrieb ich fortgesetzt kleine Prosastücke, die sich selten als nützlich erwiesen ... Was ich an Einsenden leistete, macht mir kein Zweiter nach ... Ich füllte anderer Leute Lücken mit Prosastücken.» («Das letzte Prosastück», SW Bd. 16, S. 321 ff.) «Der Schriftsteller in mir gehorchte den Vorschriften des ruhig weiter zu leben Wünschenden, der's mit mannigfachen Zeitungsredaktionen zu tun bekam. Wie ich glaube, besaß ich einst einen besseren Namen; doch ich gewöhnte mich auch an einen weniger ausgezeichneten, indem ich wünschte, ich erklärte mich mit der Bezeichnung ‹Zeitungsschreiber› einverstanden.» («Meine Bemühungen», SW Bd. 20, S. 429) Die Prosastücke erfüllten freilich nur zum Teil die an ein Feuilleton gesetzten Gebrauchserwartungen, und Walser war so unwillig wie unfähig, hier Kompromisse zu machen; so häuften sich im Laufe der Zeit Enttäuschungen und Zurückweisungen. Immerhin konnte er als Feuilletonist mehr als zwei Jahrzehnte lang noch eine wie immer bescheidene materielle Existenz fristen, während er als Buchautor nach den ersten Berliner Jahren sehr rasch verhungert wäre.

Das große «mannigfaltig zerschnittene oder zertrennte Ich-Buch» seiner Prosastücke verschwand durch die Verwertungsbedingungen erst einmal im Apokryphen. Die Hälfte jener über tausend kürzeren oder längeren Prosaarbeiten, die er selbst zur Veröffentlichung vorgesehen hatte, ist zwischen 1905 und 1937 nur in Einzelabdrucken in immer wieder wechselnden Zeitschriften und Zeitungen erschienen, die Druckorte reichen von Zürich bis Berlin und von Düsseldorf bis Prag. Ein weiteres knappes Viertel blieb in unveröffentlichten Manuskripten beim Autor liegen (abgesehen von den unbearbeiteten Entwürfen, die noch weitere Hunderte von Texten aus den Jahren ab 1924 enthielten). Und nur ein Viertel, es umfaßt rund zweihundertundachtzig Texte, fand, häufig nach einem vorausgehenden Einzelabdruck in einer Zeitschrift, Eingang in die acht Sammelveröffentlichungen kleiner Prosa, die Robert Walser selbst nach und nach bei verschiedenen Buchverlagen unterbringen konnte: von «Aufsätze» (1913) bis zu «Die Rose» (1925), wenn man von dem noch eher einen zusammenhängenden Zyklus bietenden Erstlingsband «Fritz Kochers Aufsätze» (1904) absieht.

Als sich Robert Walser 1933 – schon seit dreieinhalb Jahren Anstaltspatient – nach einem notorisch erfolglosen Schriftstellerleben endgültig vom publizistischen Geschäft zurückzog, hätte man auch das weitere Schicksal seines Werkes als besiegelt ansehen können. Weit weniger als die Hälfte dessen, was er geschrieben hatte, war über die ephemere Veröffentlichungsform von Zeitschrift und Zeitung hinausgekommen, bzw. hatte überhaupt die schriftstellerische Werkstatt verlassen, und seine insgesamt fünfzehn Bücher und Büchlein waren in der literarischen Öffentlichkeit auch bereits wieder verschollen und vergessen.

Umstände verschiedener Art – darunter das insistierende Wirken des Zürcher Literaten Carl Seelig, der ab 1936 Walsers Freund und Herausgeber, später auch sein Vormund und schließlich Nachlaßverwalter wurde, auch eine gewisse Treue der Schweiz selbst zu ihren außenseiterischen Autoren, dann die wiederaufarbeitende Neugier der deutschen und ausländischen Nachkriegsgermanistik, schließlich die neu sensibilisierte Aufnahmebereitschaft wenigstens kleinerer Kreise einer jüngeren Lesergeneration – haben Robert Walsers Werk vor dem eigentlich sicher scheinenden Untergang bewahrt. Nachdem Carl Seelig erst eine Anzahl Kostproben aus dem reichen Fundus der noch nie in Buchform vorgelegten Prosa unsystematisch veröffentlicht hatte, konnte ich in der ab 1966 im Verlag Helmut Kossodo, Genf, erscheinenden Ausgabe «Das Gesamtwerk» erstmals eine auf Vollständigkeit zielende Rekonstruktion von Walsers Werk versuchen. Hier ging es nicht, wie bei anderen Nachlaßeditionen, nur um die Ergänzung eines Œuvres, eine Nachlese und Abrundung. Es trat vielmehr – eine paradoxe Situation – 33 Jahre nach seinem Verstummen, zehn Jahre nach seinem Tod ein weithin neuer, völlig unbekannter Autor in die literarische Kommunikation ein, wie ein Zeitreisender aus der Epoche der Väter und Großväter, ganz kontemporär und aktuell, fast ohne Verschleißspuren einer vorausgegangenen Rezeption und auch gewiß ungeeignet, sogleich ins Modern-Klassische entrückt zu werden.

Wie hätte der Autor selber eine Gesamtausgabe seiner Arbeiten angelegt? Die Frage bleibt theoretisch, sie hat sich Robert Walser nie gestellt; eine solche Situation wäre unter den Umständen seines Lebens und Schreibens ganz irreal gewesen. Er schrieb jeden seiner Texte mit der Hand nur in einer Ausfertigung. Die an Redaktionen weit umher verschickten Manuskripte gelangten manchmal sofort, manchmal mit großer Verspätung, manchmal auch nie zum Abdruck (ohne daß man eine Rücksendung für nötig erachtet hätte; solche Manuskripte tauchen bis heute gelegentlich in Nachlässen oder Archiven auf). Von den veröffentlichten Texten erhielt der Autor in der Regel, aber vermutlich nicht immer, Abdrucksbelege. Die pflegte Walser eher nachlässig aufzuheben, gelegentlich legte er sie Briefen bei, verlieh oder verschenkte sie weiter. So gingen ihm, vermutlich zu allen Zeiten, nicht wenige Arbeiten verloren; dazu trugen auch seine – außer während der Bieler Jahre 1913-1920 – häufigen Umzüge und Ortswechsel bei. Stellte sich ein Verlagskontakt her, der Aussicht auf eine Buchveröffentlichung kleiner Prosa eröffnete, so verfuhr Walser von Fall zu Fall verschieden: anfangs bot er alles an, was ihm von seinen bis dahin entstandenen Arbeiten, gedruckt oder im Manuskript, noch zur Hand war; später komponierte er ad hoc Auswahlen aus dem Vorrat hier und dort vorveröffentlichter Texte, wobei er auf eine inhaltlich und in der Tonlage stimmige Reihenfolge achtete und (in der Bieler Zeit) die Texte noch überarbeitete. Aber er hatte dabei offenbar jeweils nur das einzelne Buch im Auge, als bunte Auslese im einen Fall, als relativ geschlossenen Zyklus im anderen. Schließlich stellte er, vielleicht weil es die Verleger so wünschten, auch ganze Folgen von noch nicht abgedruckten Prosastücken für jeweils eine Buchveröffentlichung zusammen. In jedem Fall spielten mancherlei Zufälligkeiten und äußere Umstände mit; allein aus den erhaltenen Korrespondenzen wissen wir auch von acht verhandelten und dann doch nicht zustande gekommenen Prosasammlungen.

Der literarische Nachlaß Robert Walsers, den Carl Seelig noch zu seinen Lebzeiten übernommen hatte, bestand aus unveröffentlichten Manuskripten und Entwürfen der Berner Jahre und aus einer sehr lückenhaften Sammlung von Zeitungsausschnitten und anderen Abdrucksbelegen, fast immer ohne Angabe von Quelle und Datum der Veröffentlichung. Diese wurde einige Jahre nach Carl Seeligs Tod (1962) von mir ergänzt und bibliographisch bearbeitet, wobei ich mich auf umfangreiche Vorarbeiten von Jörg Schäfer, Zürich, stützen konnte. Das in der ersten Gesamtausgabe 1966-1975 vorgelegte Ergebnis ist inzwischen durch eine kleinere Anzahl neuer Funde, die z. T. von Dritten mitgeteilt wurden, und vor allem auch durch die Arbeit der im Robert Walser-Archiv der Carl Seelig-Stiftung, Zürich, tätigen Walser-Forscher Dr. Guido Stefani, Dr. Werner Morlang und Bernhard Echte weiter vervollständigt und gesichert worden, zumal in Datierungsfragen. Infolgedessen können in der neuen Edition der Sämtlichen Werke Robert Walsers in Einzelausgaben eine Reihe bisher unbekannter Texte nachgetragen, die bibliographischen Angaben ergänzt und einige Texte nach ihrer Entstehungszeit richtiger eingeordnet werden.

Die Anlage und Gliederung dieser Ausgabe wurde gegenüber ihren Vorgängern (nach der Ausgabe «Das Gesamtwerk» im Verlag Helmut Kossodo noch die darauf beruhende, aber revidierte und ergänzte zwölfbändige Taschenbuch-Werkausgabe in der edition suhrkamp, Frankfurt a. M. 1978) verändert: die von Robert Walser selbst herausgegebenen Bücher finden sich, von den schmalsten Veröffentlichungen abgesehen, in Einzelbänden wieder, und der große Komplex der erst postum veröffentlichten oder versammelten Kleinprosa verteilt sich nunmehr auf sechs (statt auf fünf) Bände. Damit wird es möglich, die Zäsuren deutlicher den biographischen Perioden im Leben Walsers anzugleichen: Berliner Jahre (mit Einschluß von Nachträgen aus der früheren Zeit), Bieler Jahre, frühe Berner Jahre, die ungewöhnlich reiche Produktion des Jahres 1926; die letzten beiden Bände bieten den entstehungszeitlich nicht immer klar abgrenzbaren Ertrag der späteren Berner und der Waldau-Jahre bis Juni 1933.

Daß das erste Prinzip der Gliederung für die Nachlaßedition das chronologische ist und bleibt, bedarf wohl keiner ausführlichen Begründung und Erläuterung, selbst wenn es gerade an Walsers

Prosastücken gelegentlich fraglich wird – weil sich diese der Einordnung in Vorstellungen von einer linearen Entwicklung, sei es in einem psychologisierenden oder eher auf das Elaborative in Stil und Motiven achtenden Sinn, beharrlich entziehen. Der entstehungszeitliche Zusammenhang im Rahmen einer bestimmten biographischen Situation, der auch häufig die Motive entnommen sind, stiftet aber zwischen den Texten doch ein mehr oder weniger dichtes Netz von Bezügen der Verwandtheit oder Komplementarität und stellt eine Voraussetzung für die Aufnahme her.

Allerdings ist eine auch nur auf den Monat genaue Entstehungsdatierung von Walsers Prosastücken nur in Ausnahmefällen möglich (etwa bei Erwähnung der Abfassung eines Textes in einem Brief, durch historisch verifizierbare inhaltliche Motive oder über den Entwurf). Bei den Beiträgen zu Zeitungen und Zeitschriften kann man über die Chronologie der Abdrucke selten hinausgelangen, diese können aber, wie zuweilen nachweisbar, nur wenige Tage, manchmal auch Wochen, Monate oder sogar mehrere Jahre nach der Niederschrift erfolgt sein. Die Datierung von Walsers unveröffentlicht hinterlassenen Manuskripten wirft womöglich noch größere Schwierigkeiten und Unsicherheiten auf (ein editorischer Bericht dazu wird in Band 20 dieser Ausgabe gegeben). Alles in allem läßt sich bei der Mehrzahl der Texte auch unter Hinzunahme biographischer Anhalte, inhaltlicher und stilistischer Kriterien nur eine ungefähre Zuordnung herstellen, mit zwei Jahreszahlen als Klammern, und vor allem an den Grenzen zwischen biographischen Abschnitten, bzw. den entsprechenden Bänden, müssen Entscheidungen relativ willkürlich getroffen werden. Der Leser bleibt daher aufgefordert, den chronologischen Einteilungen gegenüber gewisse verbleibende Zweifel einzurechnen.

Innerhalb der durch die Bandeinteilung markierten Abschnitte gibt die Chronologie meist überhaupt kein sinnvolles Anordnungsprinzip für die Texte mehr ab. Sie entziehen sich durch ihre individuelle Eigenart aber auch jeder strengeren Systematik, sei es einer nach Gattungsformen oder nach Themen und Motiven. Die Untergliederung der sechs Nachlaß-Prosabände ist daher bewußt nach wechselnden Gesichtspunkten vorgenommen worden: ich habe versucht, die aus dem entsprechenden Zeitabschnitt vorliegenden Texte jeweils zu kleineren oder größeren «Nachbarschaften» zu arrangieren, die sich aus ihnen selbst ergeben, wobei die Gemeinsamkeiten das eine Mal im Inhaltlichen, Thematischen, das andere Mal in Haltung und Gestus des Autors, im Genre der Schreibweise oder in einer bestimmten äußeren Form gesehen wurden. Dabei bezeichnet nun jeweils ein Prosastück (womöglich auch mit einem sprechenden Titel) eine Art Kristallisationskern der Gruppe, die sich wie ein Spektrum mit vielen Farben und Abstufungen durchaus variantenreich daran anschließt. Diese Gruppierungen und ihre von Band zu Band wechselnden Abfolgen sollten als lose und provisorisch verstanden werden. Zuletzt müßte jeder Leser sich eigentlich seine – auch von Situation zu Situation verschiedene – Ordnung herstellen, um diese alsbald wieder vom Eigensinn der Prosastücke infrage stellen zu lassen. Jeder der Texte hat mehr Dimensionen, als sich in der Linearität einer Abfolge berücksichtigen läßt.

Spätestens 1899, als 21jähriger, hatte Robert Walser damit begonnen, neben Gedichten auch hin und wieder kleine Prosatexte zu schreiben – teils «Aufsatz-» teils «lyrische Prosa», wie er sie selbst 1904 in einem Brief an den Insel Verlag noch unterscheidet. Allerdings bleiben die Veröffentlichungen über die nächsten Jahre sehr sporadisch. Ab 1906, als er sich nach langen Wanderjahren und vielen Anstellungen als Bankcommis und Sekretär, Schreiber und Diener in Berlin niederließ, um nun nur noch Schriftsteller zu sein, begann der Strom der Prosastücke rege und vielfältig zu fließen. Robert Walser, durch seinen ein Jahr älteren, als Maler und Bühnenbildner schon erfolgreichen Bruder Karl in die Berliner Kunst- und Literaturkreise eingeführt, wurde nicht nur zum Romancier, sondern gleichzeitig zum «Zeitschriftenlieferant», obwohl er das Anfang 1907 in einem Brief an seinen Mentor Christian Morgenstern noch mit ironischer Entrüstung von sich wies. Immerhin waren es die hervorragenden Blätter der intellektuellen Moderne, die seine Glossen und kleinen Geschichten, Aufsätze und Impressionen in diesen und den folgenden Jahren abdruckten – die meisten erschienen in der «Schaubühne», wo Walser in dem Herausgeber Siegfried Jacobsohn einen weiteren Förderer und Lehrmeister fand, und in der «Neuen Rundschau» Oscar Bies, aber etliche auch in «Kunst und Künstler», in der «Zukunft» und anderen. So unauffällig seine Texte in diesen Zeitschriften oft plaziert waren, sie fanden doch ihre Liebhaber unter den Lesern – etwa, fern in Prag, einen Franz Kafka, der nach Max Brods Zeugnis Walsersche Prosastücke «mit ungeheurer Lustigkeit, entzückt, ja geradezu saftig vortrug» («Über Robert Walser», Erster Band, hg. v. Katharina Kerr, Frankfurt a. M. 1978, S. 85 f.).

Erst am Ende der Berliner Zeit, um 1912, als er mit weiteren Romanplänen gescheitert war, leitete Robert Walser Verhandlungen über verschiedene Buchausgaben dieser kleinen Prosa ein, aus denen dann die Bände «Aufsätze» (1913) und «Geschichten» (1914) im Kurt Wolff Verlag hervorgingen. Aber sie enthielten keineswegs alles, was er bis dahin geschrieben hatte. Einige Texte trug noch die Sammlung «Kleine Dichtungen» (1915) nach, einen der Band «Kleine Prosa» (1917) – die übrigen, soweit sie erhalten sind und aufgefunden wurden, enthält jetzt der vorliegende Band. Ob Walser die eine oder andere dieser Arbeiten bewußt beiseite gelassen hatte, weil sie ihm nicht in den Kontext der Sammlungen zu passen schien, muß dahingestellt bleiben, bei der Mehrzahl der Texte ist eher anzunehmen, daß sie ihm nicht mehr vorlagen.

Als erste Gruppe innerhalb dieser Nachlese der Berliner (und früheren) Prosa finden sich Prosastücke zusammen, die dem Theater als künstlerisch-gesellschaftlichem Phänomen gelten, auch dem Theater als Raum eines imaginativen Erlebens, der dramatischen Literatur, dem Schauspielerberuf, dem Theaterbetrieb. Sie stehen parallel zu anderen Texten dieser Zeit, die Walser in «Aufsätze» oder «Geschichten» aufgenommen hat. Biographischer Hintergrund dieser Glossen, Essays und Phantasien ist Walsers starke Faszination durch die Bühne schon seit seinen Jugendtagen: er wollte ursprünglich selbst Schauspieler werden und hatte dann als angehender Autor vor, sich auf dramatischem Gebiet zu versuchen (seine vier frühen Dramolette sind freilich eher an den Leser als an die Bühne adressiert). In Berlin war er durch seinen Bruder Karl, der zahlreiche Bühnenbilder für das Theater Max Reinhardts entwarf, erneut in diese Welt hineingezogen worden und stand auch in freundschaftlichem Verkehr mit Reinhardts Freunden und dramaturgischen Mitarbeitern Christian Morgenstern und Efraim Frisch sowie manchen Schauspielern.

Die zweite Gruppe besteht aus Stücken, die bald in Aufsatzform, bald als satirisches Feuilleton an Themen und Inhalte des Berliner Kunst- und Literaturlebens anknüpfen, bzw. die Großstadt aus der

Künstlerperspektive ansprechen. Eine dritte Gruppe schließlich vereinigt zunächst Erzählerisches, Geschichten zwischen romantischer Phantasie auf der einen Seite und ironischer Realistik auf der anderen, von denen sich dann ein Übergang zu Skizzen und Feuilletons mit verschiedenen sachlichen Themen und nachdenklichen Betrachtungen ergibt.

Die Wiedergabe der Texte erfolgt nach den Erstdrucken (bzw. in zwei Fällen nach den Manuskripten), wobei nur offensichtliche Druckfehler stillschweigend korrigiert und die Orthographie gelegentlich modernisiert wurde, während in der Setzung des Kommas Walsersche Eigenwilligkeiten, wo als solche erkennbar, erhalten blieben. Die Erstdrucknachweise finden sich – als werkgeschichtliche Information, nicht als exakte Bibliographie – in verkürzter Form im Inhaltsverzeichnis.

ANMERKUNGEN

S. 11 *Fünfter Akt, letzte Szene:* Dieser Text findet sich in einem unveröffentlichten Manuskript, von dem der Besitzer, Dr. Sigi Weinberg, Küsnacht (ZH), dankenswerterweise eine Kopie zur Verfügung stellte. Inhalt, Stil und die teils bayrischen, teils schweizerischen Mundartanklänge legen eine Zuordnung zur frühen Prosa Walsers (vor der Berliner Zeit) nahe; die Handschrift gleicht allerdings sehr der des Romans «Der Gehülfe» (1907).

S. 14 *Eine Theatervorstellung (I):* Den gleichen, offenbar in der Vaterstadt Biel erlebten Theaterabend beschrieb Walser zwei Jahre später noch einmal, und zwar ausführlicher und mit etwas anderer Akzentsetzung («Eine Theatervorstellung (II)», in «Aufsätze», SW Bd. 3, S. 13; dieser Text erschien zuerst im März 1907 in der «Schaubühne»).

S. 17 *Einer, der neugierig ist:* Zitate (auch S. 18) aus Heinrich von Kleists «Prinz Friedrich von Homburg», I, 4.

S. 20 *Was ist Bühnentalent?:* «Percy», Henry, Earl of Northumberland (1364-1403), Figur in Shakespeares Drama «Heinrich IV.», vgl. das gleichnamige Prosastück in «Aufsätze» (SW Bd. 3, S. 40).

S. 24 *Was braucht es zu einem Kleist-Darsteller?:* Das Zitat wandelt eine Stelle aus «Die Familie Schroffenstein» II, 1 ab.

S. 66 *Zu der Arlesierin von van Gogh:* Vgl. «Das Van Gogh-Bild», SW Bd. 16, S. 344.

S. 68 *Ein ABC in Bildern von Max Liebermann:* Erschienen in «Kunst und Künstler», 7. Jg., Nr. 6, vom 3. März 1909, S. 276 f., unter der Rubrik «Chronik», als eine kleine Hommage an den berühmten Maler. Max Liebermann (1847-1935), Gründer der Berliner Sezession, hatte Robert Walsers Bruder Karl gefördert und kannte ihn auch – er soll ihm zu der vorübergehenden Anstellung als Sekretär der Sezession verholfen haben.

S. 73 *Was aus mir wurde:* «Ridau» steht für Nidau, einen Vorort bzw. Stadtteil von Walsers Vaterstadt Biel. – «Ernst Zahn»: vielgelesener Heimatromanautor (1867-1952).

S. 76 *Liebesszene:* Obwohl erst 1921 erstgedruckt, weisen Motiv, Personnage und Stil dieses Textes ziemlich eindeutig auf eine Entstehung 1906 oder sogar noch früher: Simon, Klara und deren Mann Agappaia begegnen uns im Roman «Geschwister Tanner» (1907; SW Bd. 9), aber auch schon in «Simon. Eine Liebesgeschichte» (dort heißt der «Teufel» «Aggapaia»; in «Geschichten», SW Bd. 2, S. 15; dieser Text wird schon in einem Brief Walsers vom Februar 1903 erwähnt).

S. 78 *Brentano. Eine Phantasie:* Dieser Text wird erstmals in einem Brief Robert Walsers an den Insel Verlag vom 4. 11. 1903 erwähnt; das Manuskript befand sich damals aber vermutlich schon seit längerer Zeit in den Händen des Mitherausgebers der Zeitschrift «Die Insel» Otto Julius Bierbaum – aus seinem Nachlaß gelangte es später an die Stadtbibliothek München. Die vermutlich 1902 oder noch früher entstandene Erzählung stellt den frühesten von vier Brentano-Texten dar, die Robert Walser geschrieben hat und von denen zwei in dieser Ausgabe erstmals enthalten sind (vgl. «Brentano (I)» in «Aufsätze», SW Bd. 3, S. 97; «Brentano (II)», SW Bd. 16, S. 236; «Brentano (III)», SW Bd. 17, S. 163). Erich Unglaub, der «Brentano. Eine Phantasie» entdeckt und mit einer Einleitung in «Recherches Germaniques», Nr. 10, Straßburg 1980, erstveröffentlicht hat, kannte zu diesem Zeitpunkt «Brentano (II)» auch noch nicht.

S. 91 *Zeichenstunde:* «Wie die Zeichnung sinkt . . .» – so im Erstdruck; müßte vielleicht eher «singt» heißen.

S. 95 *Die Buben Weibel:* Die «sozialdemokratischen» Buben Weibel treten auch in einer Erinnerungsepisode des etwa zur gleichen Zeit entstandenen Romans «Jakob von Gunten» auf, als Spielgefährten des Großratssohnes Jakob (SW Bd. 11, S. 70). In ihnen sind von fern Robert Walser und sein ein Jahr älterer Bruder Karl in ihren Bieler Jugendtagen zu erkennen.

S. 96 *Abschied:* 1909 wurde der letzte osmanische Herrscher, Sultan Abdul Hamid II., nach dem Versuch, die im Vorjahr von den Jungtürken erkämpfte Verfassung zu stürzen, entthront.

ZEITTAFEL

1878	Robert Otto Walser am 15. April in Biel geboren.
1884-1892	Besuch der dortigen Volksschule und des Progymnasiums.
1882-1895	Lehre bei der Bernischen Kantonalbank in Biel.
1894	22. Oktober: Tod der Mutter.
1895	April bis August in Basel, anschließend für ein Jahr in Stuttgart, wo damals auch sein Bruder Karl lebte. Vergebliche Versuche, Schauspieler zu werden.
1896	Rückkehr in die Schweiz. Anmeldung am 30. September in Zürich, wo er, abgesehen von kürzeren anderweitigen Aufenthalten, in den folgenden zehn Jahren lebt. 1. Oktober bis 20. November 1897 Hilfsbuchhalter bei der Allg. Versicherungs-A.G. «Schweiz».
1897	Ende November: Reise nach Berlin.
1898	8. Mai: Erste Veröffentlichung (eine Auswahl Gedichte) durch Josef Viktor Widmann im «Sonntagsblatt des Bund» in Bern. Hierdurch Bekanntschaft mit Franz Blei.
1899	Frühjahr in Thun. Mai bis Mitte Oktober vermutlich erster, nicht belegter Aufenthalt in München, wo ihn Franz Blei in den Dichter- und Künstlerkreis der Zeitschrift «Die Insel» eingeführt haben dürfte.
1900	Oktober 1899 bis April 1900 in Solothurn.
1901	September in München. Wanderung nach Würzburg, wo er Max Dauthendey besucht.
1902	Januar in Berlin, Februar bis April bei seiner Schwester Lisa in Täuffelen am Bielersee, anschließend wieder in Zürich.
1903	März in Winterthur, 15. Mai bis 30. Juni Rekrutenschule in Bern, Ende Juli bis Dezember «Gehülfe» des Ingenieurs Dubler in Wädenswil am Zürichsee.
1904	Ab Januar wieder in Zürich, Angestellter der Zürcher Kantonalbank. November erster Militär-Wiederholungskurs in Bern. Ende November erscheint im Insel-Verlag Leipzig sein erstes Buch «Fritz Kochers Aufsätze».

1905 Im März Übersiedlung nach Berlin, wohnt bei seinem Bruder Karl. Juni kurzer Aufenthalt in Zürich. Oktober bis Ende 1905 Diener auf Schloß Dambrau in Oberschlesien.

1906 Anfang Januar Rückkehr nach Berlin. Niederschrift des Romans «Geschwister Tanner» (erscheint im Frühjahr 1907 bei Bruno Cassirer). Kurzzeitig Sekretär des Kunsthändlers, Verlegers und Geschäftsführers der Berliner Sezession Paul Cassirer (ev. auch erst im folgenden Jahr). Sommer/Herbst Niederschrift eines zweiten, nicht erhaltenen Romans.

1907 Januar: Weitere Roman-Pläne, von deren Ausführung nichts überliefert ist. Juni/Juli: Abschluß des Manuskripts «Der Gehülfe» (erscheint im Frühling 1908 bei Bruno Cassirer). Bezug einer eigenen Wohnung in Berlin-Charlottenburg, Wilmersdorfer Str. 141.

1908 Entstehung des Romans «Jakob von Gunten» (erscheint im Frühling 1909 bei Bruno Cassirer). Juni/Juli: Ballonfahrt von Berlin nach Königsberg mit Paul Cassirer.

1909 Bibliophile Ausgabe der «Gedichte» mit Radierungen von Karl Walser bei Bruno Cassirer.

Aus der Zeit von 1909 bis November 1912 sind nicht nur keine Briefe erhalten, sondern es fehlen auch sonstige Belege für seine damaligen Lebensumstände.

1912 November: Wohnt in einer eigenen Wohnung oder einem Zimmer in Charlottenburg, Spandauerberg 1. Vorbereitung der Prosabände «Aufsätze» (erscheint im Frühling 1913 bei Kurt Wolff in Leipzig) und «Geschichten» (erscheint 1914 ebenfalls bei Kurt Wolff).

1913 März: Rückkehr in die Schweiz. Wohnt zunächst bei seiner Schwester Lisa in Bellelay, dann kurz bei seinem Vater im Hause Akeret in Biel. Bezieht im Juli eine Mansarde im Hotel Blaues Kreuz in Biel, wo er während der nächsten sieben Jahre bleiben wird. Beginn der Freundschaft mit Frieda Mermet.

1914 9. Februar: Tod des Vaters.

Frühling: Vorbereitung des Prosabandes «Kleine Dichtungen», für den Walser im Sommer einen Preis des

«Frauenbundes zur Ehrung rheinländischer Dichter» erhält. Die erste Auflage, «hergestellt für den Frauenbund . . .», wird im Herbst 1914 gedruckt, die zweite erscheint 1915 bei Kurt Wolff in Leipzig.

Kriegsausbruch. 5. August bis 4. September: (1.) Militärdienst in Erlach; 21. September bis 13. Oktober: (2.) Militärdienst in St. Maurice.

1915 Anfang Januar: Kurze Reise nach Leipzig und Berlin.

25. Januar: Gebrüder-Walser-Abend des Lesezirkels Hottingen in Zürich.

6. April bis 13. Mai: (3.) Militärdienst in Cudrefin (Jura); 6. Oktober bis 3. Dezember: (4.) Militärdienst in Wisen.

1916 Sommer: Anfragen der Verlage Huber und Rascher wegen eventueller Veröffentlichungen. September: Manuskript «Der Spaziergang» abgeschlossen (erscheint April 1917 bei Huber & Co. in Frauenfeld). Oktober: Zusammenstellung des Bandes «Prosastücke» (erscheint Ende November 1916 mit Druckvermerk «1917» bei Rascher in Zürich).

17. November: Tod des Bruders Ernst in der Heilanstalt Waldau bei Bern.

1917 Frühjahr: Zusammenstellung der Sammlungen «Kleine Prosa» (erscheint im April bei A. Francke in Bern) und «Studien und Novellen» (in dieser Form nicht erschienen). Mai: Abschluß des Manuskripts «Poetenleben» (erscheint November 1917 mit Druckvermerk «1918» bei Huber & Co. in Frauenfeld).

16. Juli bis 8. September: (5.) Militärdienst im Tessin.

1918 Januar: Abschluß des Manuskripts «Seeland» (erscheint mit Druckvermerk «1919» erst 1920 bei Rascher in Zürich). 18. Februar bis 16. März: (6.) Militärdienst in Courroux. Mai: Abschluß des Manuskripts für den nicht erschienenen Prosaband «Kammermusik».

Winter: Arbeit an dem Roman «Tobold».

1919 März: Fertigstellung des Manuskripts «Tobold».

Eine zweite Auflage der «Gedichte» und der Band «Komödie» erscheinen bei Bruno Cassirer in Berlin.

1. Mai: Tod des Bruders Hermann.

November/Dezember: Zusammenstellung einer kleinen, nicht erschienenen Prosasammlung «Mäuschen» (vermutlich identisch mit der in der gleichen Zeit brieflich erwähnten, ebenfalls nicht erschienenen Sammlung «Liebe kleine Schwalbe»).

1920 8. November: Leseabend im Kleinen Tonhallensaal in Zürich.

1921 Januar: Übersiedlung nach Bern. Während einiger Monate zweiter Bibliothekar des Berner Staatsarchivs.

Arbeit am Roman «Theodor», der im November abgeschlossen wird.

1922 8. März: Vorlesung aus dem Roman «Theodor» im Lesezirkel Hottingen in Zürich, anschließend für acht Tage Gast beim Maler Ernst Morgenthaler in Wollishofen.

1923 Juni: Spitalaufenthalt wegen Ischias.

Herbst: Wanderung nach Genf.

1924 22. Juli: Austritt aus dem Schweizerischen Schriftstellerverein.

1925 Februar: das letzte Buch, «Die Rose», erscheint bei E. Rowohlt in Berlin.

Frühjahr: Arbeit an den «Felix»-Szenen.

Zusammenstellung eines nicht erschienenen Prosabandes und Arbeit am «Räuber»-Roman.

Anfang September: Ferienaufenthalt mit Frau Mermet in Murten.

Oktober: Beginn der Korrespondenz mit Therese Breitbach.

1928 15. April: 50. Geburtstag des Dichters.

1929 25. Januar: Eintritt in die Heilanstalt Waldau, Bern. Nach einer Pause von vermutlich einigen Monaten Wiederaufnahme der Korrespondenz mit Redaktionen und Fortsetzung der literarischen Arbeit (bis 1933).

1933 Juni: Verbringung nach Herisau, in die dortige Heil- und Pflegeanstalt seines Heimatkantons Appenzell-Außerrhoden, wo er bis zum Lebensende bleibt. Keine schriftstellerische Arbeit mehr.

Neuauflage der «Geschwister Tanner» bei Rascher in Zürich.

1936	Carl Seelig besucht erstmals den Dichter in Herisau. Beginn gemeinsamer Wanderungen und Gespräche.
	Neuausgabe «Der Gehülfe» im Verlag der Bücherfreunde, St. Gallen.
1937	Auswahl «Große kleine Welt», herausgegeben von Carl Seelig.
1943	28. September: Tod des Bruders Karl.
1944	7. Januar: Tod der Schwester Lisa.
	Carl Seelig übernimmt die Vormundschaft. Von ihm besorgte Auswahlbände und Neuausgaben: «Vom Glück des Unglücks und der Armut», «Stille Freuden», «Der Spaziergang» und «Gedichte».
1947	Auswahl «Dichterbildnisse» und die erste Biographie des Dichters: Otto Zinniker, «Robert Walser der Poet».
1950	Neuausgabe «Jakob von Gunten».
1953	Beginn der von Carl Seelig herausgegebenen «Dichtungen in Prosa».
1956	Tod Robert Walsers am Weihnachtstag (25. Dezember) auf einem einsamen Spaziergang.

INHALT

DAS THEATER, EIN TRAUM

Das Theater, ein Traum (I) 7
März 1907 in «Kunst und Künstler»
Fünfter Akt, letzte Szene 11
Unveröffentlichtes Manuskript, Dat. ungewiß
Eine Theatervorstellung (I) 14
April 1905 in «Der Samstag» (Basel)
Einer, der neugierig ist 15
August 1907 in «Die Schaubühne»
Was ist Bühnentalent? 18
Januar 1907 in «Die Schaubühne»
Beitrag zur Psychologie des Talents 22
Januar 1908 in «Die Schaubühne»
Was braucht es zu einem Kleist-Darsteller? 23
März 1907 in «Die Schaubühne»
Lenzens Soldaten 26
September 1907 in «Die Schaubühne»
Tell 28
Juli 1909 in «Die Zukunft»
Bedenkliche Geschichte 32
Mai 1908 in «Die Schaubühne»
Lüge auf die Bühne 34
Juli 1907 in «Die Schaubühne»
Beantwortung einer Anfrage 35
Februar 1907 in «Die Schaubühne»
Kennen Sie Meier? 38
Unter dem Pseudonym «Kutsch» Mai 1907 in «Die Schaubühne»
Was macht mein Stück? 41
Unter dem Pseudonym «Kutsch» September 1907 in «Die Schaubühne»
An eine angehende Tänzerin 44
Dezember 1907 in «Die Schaubühne»
An die Künstlerin 46
März 1910 in «Die Schaubühne»

BERLIN UND DER KÜNSTLER

Berlin und der Künstler 49
Januar 1910 in «Kunst und Künstler»
Die Großstadtstraße 52
November 1910 in «Deutsche Monatshefte» (Die Rheinlande)
Kutsch 56
Juni 1907 in «Neue Rundschau»
Fabelhaft 58
November 1907 in «Neue Rundschau»
Dilettanten 60
Mai 1908 in «Kunst und Künstler»
Über den Charakter des Künstlers 63
Januar 1911 in «Kunst und Künstler»
Zu der Arlesierin von van Gogh 66
Juni 1912 in «Kunst und Künstler»
Ein ABC in Bildern von Max Liebermann 68
März 1909 in «Kunst und Künstler»
Über das russische Ballet 69
Juni 1909 in «Kunst und Künstler»
Was aus mir wurde 73
Februar 1912 in «Pan»

SKIZZE

Skizze (I) 75
Februar 1911 in «Pan»
Liebesszene 76
Mai 1921 in «Leipziger Tageblatt»
Brentano. Eine Phantasie 78
Unveröffentlichtes Manuskript, vermutl. 1902
Die Handschuhe 86
April 1905 in «Der Samstag»
Wenn ich Pfarrer wäre 87
Januar 1908 in «Neue Rundschau»
Zeichenstunde 90
Februar 1908 in «Morgen»

Sie schreibt 92
Mai 1908 in «Morgen»
Die Buben Weibel 95
Juni 1908 in «Simplicissimus»
Abschied 100
Juni 1909 in «Neue Rundschau»
Blumentage 104
August 1911 in «Neue Rundschau»
Hose 107
April 1911 in «Neue Rundschau»
Essen (I) 110
November 1911 in «Pan»
Ein Schauspieler (I) 112
November 1910 in «Die Schaubühne»
Grün (I) 114
August 1911 in «Kunst und Künstler»
Bedenkliches 116
Januar 1910 in «Deutsche Monatshefte» (Die Rheinlande)
Drama 121
Januar 1912 in «Die Schaubühne»
Märchen (I) 122
November 1910 in «Pan»

Anhang
Nachwort des Herausgebers 127
Anmerkungen 139
Zeittafel 141

Robert Walser
Sämtliche Werke in Einzelbänden

Band 1: Fritz Kochers Aufsätze
Band 2: Geschichten
Band 3: Aufsätze
Band 4: Kleine Dichtungen
Band 5: Der Spaziergang
Prosastücke und kleine Prosa
Band 6: Poetenleben
Band 7: Seeland
Band 8: Die Rose
Band 9: Geschwister Tanner
Band 10: Der Gehülfe
Band 11: Jakob von Gunten
Band 12: Der Räuber
Band 13: Die Gedichte
Band 14: Märchenspiele und szenische Dichtungen
Band 15: Bedenkliche Geschichten
Prosa aus der Berliner Zeit
Band 16: Träumen
Prosa aus der Bieler Zeit
Band 17: Wenn Schwache sich für stark halten
Prosa aus der Berner Zeit I
Band 18: Zarte Zeilen
Prosa aus der Berner Zeit II
Band 19: Es war einmal
Prosa aus der Berner Zeit III
Band 20: Für die Katz
Prosa aus der Berner Zeit IV

Verzeichnis der suhrkamp taschenbücher

Eine Auswahl

Achternbusch: Alexanderschlacht 61
– Der Depp 898
– Servus Bayern 937
Adorno: Erziehung zur Mündigkeit 11
– Versuch, das ›Endspiel‹ zu verstehen 72
Alain: Die Pflicht, glücklich zu sein 859
Anders: Erzählungen. Fröhliche Philosophie 432
Ansprüche. Verständigungstexte von Frauen 887
Artmann: How much, schatzi? 136
– The Best of H. C. Artmann 275
Bachmann: Malina 641
Ball: Hermann Hesse 385
Ballard: Der ewige Tag 727
– Das Katastrophengebiet 924
Barnet: Der Cimarrón 346
Becher, Martin Roda: An den Grenzen des Staunens 915
Becker, Jurek: Irreführung der Behörden 271
– Jakob der Lügner 774
Beckett: Das letzte Band (dreisprachig) 200
– Endspiel (dreisprachig) 171
– Mercier und Camier 943
– Warten auf Godot (dreisprachig) 1
Bell: Virginia Woolf 753
Benjamin: Deutsche Menschen 970
– Illuminationen 345
Bernhard: Das Kalkwerk 128
– Frost 47
– Salzburger Stücke 257
Bertaux: Hölderlin 686
Bierce: Das Spukhaus 365
Bioy Casares:
– Die fremde Dienerin 962
– Morels Erfindung 939
Blackwood: Besuch von Drüben 411
– Das leere Haus 30
Blatter: Zunehmendes Heimweh 649
– Love me tender 883
Böni: Ein Wanderer im Alpenregen 671
Brasch: Der schöne 27. September 903
Braun, J. u. G.: Conviva Ludibundus 748
– Der Irrtum des Großen Zauberers 807
Braun, Volker: Das ungezwungene Leben Kasts 546
– Gedichte 499
Brecht: Frühe Stücke 201
– Gedichte 251
– Gedichte für Städtebewohner 640
– Geschichten von Herrn Keuner 16
– Schriften zur Gesellschaft 199
Brecht in Augsburg 297
Bertolt Brechts Dreigroschenbuch 87
Brentano: Theodor Chindler 892
Broch, Hermann: Werkausgabe in 17 Bdn.,
Buch: Jammerschoner 815
Carossa: Ungleiche Welten 521
– Der Arzt Gion 821

2/1/6.84

Carpentier: Die verlorenen Spuren 808
– Explosion in der Kathedrale 370
Celan: Atemwende 850
Chalfen: Paul Celan 913
Cioran: Syllogismen der Bitterkeit 607
Cortázar: Album für Manuel 936
– Die geheimen Waffen 672
Das sollten Sie lesen 852
Dick: UBIK 440
Die Serapionsbrüder von Petrograd 844
Dorst: Dorothea Merz 511
Dorst/Fallada: Kleiner Mann – was nun? 127
Dort wo man Bücher verbrennt 905
Eich: Ein Lesebuch 696
– Fünfzehn Hörspiele 120
Eliot: Die Dramen 191
Ellmann: James Joyce, 2 Bde. 473
Enzensberger: Gedichte 1955-1970 4
– Der kurze Sommer der Anarchie 395
– Der Untergang der Titanic 681
– Museum der modernen Poesie, 2 Bde. 476
– Politik und Verbrechen 442
Ewen: Bertolt Brecht 141
Federspiel: Paratuga kehrt zurück 843
– Der Mann, der Glück brachte 891
– Die beste Stadt für Blinde 979
Feldenkrais: Bewußtheit durch Bewegung 429
Fleißer: Ingolstädter Stücke 403
– Abenteuer aus dem Engl. Garten 925
Franke: Einsteins Erben 603
– Transpluto 841
– Ypsilon minus 358
Freund: Drei Tage mit J. Joyce 929
Fries: Das nackte Mädchen auf der Straße 577
Frisch: Andorra 277
– Der Mensch erscheint im Holozän 734
– Herr Biedermann / Rip van Winkle 599
– Homo faber 354
– Mein Name sei Gantenbein 286
– Montauk 700
– Stiller 105
– Tagebuch 1966-1971 256
– Wilhelm Tell für die Schule 2
Fuentes: Nichts als das Leben 343
Gandhi: Mein Leben 953
García Lorca: Über Dichtung und Theater 196
Ginzburg: Mein Familienlexikon 912
Goytisolo: Spanien und die Spanier 861
Gründgens' Faust 838
Handke: Chronik der laufenden Ereignisse 3
– Das Gewicht der Welt 500
– Die Angst des Tormanns beim Elfmeter 27
– Die linkshändige Frau 560
– Die Stunde der wahren Empfindung 452
– Der kurze Brief zum langen Abschied 172
– Falsche Bewegung 258
– Die Hornissen 416
– Langsame Heimkehr. Tetralogie. st 1069-1072
– Wunschloses Unglück 146

2/2/6.84

Hellman: Eine unfertige Frau 292
Hermlin: Lektüre 1960-1971 215
Hesse: Aus Indien 562
– Aus Kinderzeiten. Erzählungen Bd. 1 347
– Ausgewählte Briefe 211
– Demian 206
– Der Europäer. Erzählungen Bd. 3 384
– Der Steppenwolf 175
– Die Gedichte: 2 Bde. 381
– Die Märchen 291
– Die Nürnberger Reise 227
– Die Verlobung. Erzählungen Bd. 2 368
– Die Welt der Bücher 415
– Gedenkblätter 963
– Gertrud 890
– Das Glasperlenspiel 79
– Innen und Außen. Erzählungen Bd. 4 413
– Italien 689
– Klein und Wagner 116
– Kurgast 383
– Legenden 909
– Narziß und Goldmund 274
– Peter Camenzind 161
– Roßhalde 312
– Siddhartha 182
– Unterm Rad 52
Hermann Hesse – Eine Werkgeschichte von Siegfried Unseld 143
Hildesheimer: Mozart 598
– Stücke 362
Holmqvist (Hg.): Das Buch der Nelly Sachs 398
Horváth: Ein Lesebuch 742
– Geschichten aus dem Wiener Wald 835
– Jugend ohne Gott 1063
– Sladek 1052
Hrabal: Erzählungen 805
Innerhofer: Schöne Tage 349
Inoue: Die Eiswand 551
– Der Stierkampf 944
Johnson: Berliner Sachen 249
– Das dritte Buch über Achim 169
– Eine Reise nach Klagenfurt 235
– Zwei Ansichten 326
Joyce: Anna Livia Plurabelle 751
Kästner: Der Hund in der Sonne 270
Kaminski: Die Gärten des Mullay Abdallah 930
Kasack: Fälschungen 264
Kaschnitz: Ein Lesebuch 647
– Zwischen Immer und Nie 425
Kirchhoff: Einsamkeit der Haut 919
Kiss: Da wo es schön ist 914
Kluge: Lebensläufe, Anwesenheitsliste für eine Beerdigung 186
Koch: Jenseits des Sees 718
– See-Leben I 132
– Wechseljahre oder See-Leben II 412
Koeppen: Das Treibhaus 78
– Der Tod in Rom 241
– Reisen nach Frankreich 530
– Tauben im Gras 601
Koestler: Die Nachtwandler 579
Komm schwarzer Panther, lach noch mal 714
Komm: Die fünfte Dimension 971
Konrád/Szelényi: Die Intelligenz auf dem Weg zur Klassenmacht 726
Kracauer: Das Ornament der Masse 371
– Die Angestellten 13
Krolow: Ein Gedicht entsteht 95
Kühn: Die Präsidentin 858

2/3/6.84

– Und der Sultan von Oman 758
Kundera: Das Buch vom Lachen und Vergessen 868
Laederach: Nach Einfall der Dämmerung 814
Lem: Astronauten 441
– Der futurologische Kongreß 534
– Die Jagd 302
– Die Ratte im Labyrinth 806
– Die Untersuchung 435
– Memoiren, gefunden in der Badewanne 508
– Nacht und Schimmel 356
– Robotermärchen 856
– Sterntagebücher 459
– Waffensysteme des 21. Jahrhunderts 998
Lenz, Hermann: Andere Tage 461
– Der Kutscher und der Wappenmaler 934
– Der Tintenfisch in der Garage 620
– Die Begegnung 828
– Tagebuch vom Überleben 659
Leutenegger: Ninive 685
– Vorabend 642
Lexikon der phantastischen Literatur 880
Liebesgeschichten 847
Loerke: Die Gedichte 1049
Lovecraft: Cthulhu 29
– Berge des Wahnsinns 220
– Die Stadt ohne Namen 694
Majakowski: Her mit dem schönen Leben 766
Mayer: Außenseiter 736
– Georg Büchner und seine Zeit 58
Mayröcker. Ein Lesebuch 548
Mein Goethe 781
Meyer: Die Rückfahrt 578
– Ein Reisender in Sachen Umsturz 927
Miller: Drama des begabten Kindes 950
– Am Anfang war Erziehung 951
– Du sollst nicht merken 952
Mitscherlich: Toleranz – Überprüfung eines Begriffs 213
Molière: Drei Stücke 486
Mommsen: Goethe und 1001 Nacht 674
Moser: Gottesvergiftung 533
– Grammatik der Gefühle 897
– Lehrjahre auf der Couch 352
– Stufen der Nähe 978
Muschg: Albissers Grund 334
– Baiyun 902
– Fremdkörper 964
– Liebesgeschichten 164
– Noch ein Wunsch 735
Nachwehen. Verständigungstexte 855
Nizon: Im Hause enden die Geschichten. Untertauchen 431
Nossack: Der jüngere Bruder 133
– Nach dem letzten Aufstand 653
Onetti: Das kurze Leben 661
Oviedo (Hg.): Lateinamerika 810
Pedretti: Heiliger Sebastian 769
Penzoldts schönste Erzählungen 216
– Die Powenzbande 372
Phantastische Träume 954
Plenzdorf: Die Legende vom Glück ohne Ende 722
– Die Legende von Paul & Paula 173
– Die neuen Leiden des jungen W. 300
– Gutenachtgeschichte 958

2/4/6.84

Plank: Orwells 1984 969
Poe: Der Fall des Hauses Ascher 517
Proust: Briefe zum Leben, 2 Bde. 464
– Die Entflohene 918
– Die Gefangene 886
– Die Welt der Guermantes, 2 Bde. 754
– Im Schatten junger Mädchenblüte, 2 Bde. 702
– In Swanns Welt 644
– Sodom und Gomorra. 2 Bde. 822
Puig: Der Kuß der Spinnenfrau 869
Pütz: Peter Handke 854
Reinshagen: Das Frühlingsfest 637
– Sonntagskinder 759
Rochefort: Frühling für Anfänger 532
– Mein Mann hat immer recht 428
Rodriguez, Monegal (Hg.): Die Neue Welt 811
Rossanda: Einmischung 921
Rosei: Reise ohne Ende 875
Rottensteiner (Hg.): Blick vom anderen Ufer 359
– Die andere Zukunft 757
Rutschky (Hg.): Jahresbericht 1982 871
– Jahresbericht 1983 974
Sanzara: Das verlorene Kind 910
Schattschneider: Zeitstopp 819
Schleef: Gertrud 942
Schneider: Der Balkon 455
– Der Friede der Welt 1048
Schur: Sigmund Freud 778
Semprun: Die große Reise 744
– Was für ein schöner Sonntag 972
Shaw: Politik für jedermann 643
– Wegweiser für die intelligente Frau . . . 470
Soriano: Traurig, Einsam und Endgültig 928
Spectaculum 1-15 900
Sperr: Bayrische Trilogie 28
Steiner, George: Der Tod der Tragödie 662
Steiner, Jörg: Ein Messer für den ehrlichen Finder 583
– Schnee bis in die Niederungen 935
Sternberger: Panorama oder Ansichten vom 19. Jahrhundert 179
– Über den Tod 719
Stierlin: Delegation und Familie 831
Strawinsky 817
Strindberg: Ein Lesebuch für die niederen Stände 402
Struck: Die Mutter 489
– Trennung 613
Strugatzki: Die Schnecke am Hang 434
– Montag beginnt am Samstag 780
– Picknick am Wegesrand 670
Suzuki: Leben aus Zen 846
Szillard: Die Stimme der Delphine 703
Tendrjakow: Die Nacht nach der Entlassung 860
Unseld: Hermann Hesse – Eine Werkgeschichte 143
– Begegnungen mit Hermann Hesse 218
– Peter Suhrkamp 260
Unseld (Hg.): Wie, warum und zu welchem Ende wurde ich Literaturhistoriker? 60
– Bertolt Brechts Dreigroschenbuch 87

2/5/6.84

– Zur Aktualität Walter Benjamins 150
– Erste Lese-Erlebnisse 250
Vargas Llosa: Das grüne Haus 342
– Der Hauptmann und sein Frauenbataillon 959
Waggerl: Das Jahr des Herrn 836
Walser, Martin: Das Einhorn 159
– Das Schwanenhaus 800
– Der Sturz 322
– Die Anselm Kristlein Trilogie, 3 Bde. 684
– Ein fliehendes Pferd 600
– Gesammelte Stücke 6
– Halbzeit 94
– Jenseits der Liebe 525
– Seelenarbeit 901
Walser, Robert: Der Gehülfe 813
– Geschwister Tanner 917
– Jakob von Gunten 851
– Der »Räuber«-Roman 320
Warum lesen 946
Weber-Kellermann: Die deutsche Familie 185
Weiss, Peter: Das Duell 41
– Der andere Hölderlin. Materialien zu Weiss' »Hölderlin« 42
Weiß, Ernst: Der Aristokrat 792
– Der Verführer 796
– Die Erzählungen 798
– Die Kunst des Erzählens 799
– Franziska 785
– Ich – der Augenzeuge 797
– Männer in der Nacht 791
– Tiere in Ketten 787
Weisser: DIGIT 873
Winkler: Menschenkind 705
Zeemann: Einübung in Katastrophen 565
– Jungfrau und Reptil 776
ZEIT-Bibiliothek der 100 Bücher 645
Zulawski: Auf dem Silbermond 865
– Der Sieger 916
– Die alte Erde 968

2/6/6.84